Som Goldberg

Bens legendäre Skills - Nächstes Level: Reality Check

Som Goldberg

Bens legendäre Skills

Nächstes Level: Reality Check

Loewe

FSC
www.fsc.org
MIX
Papier aus verantwortungsvollen Quellen
FSC® C014496

ISBN 978-3-7432-0557-4
1. Auflage 2020

Dieses Werk wurde vermittelt durch die Literarische Agentur
Thomas Schlück GmbH, 30161 Hannover
Umschlag- und Innenillustration: Som Goldberg
Umschlaggestaltung: Jennifer Wunderwald unter Verwendung
einer Illustration von Som Goldberg
Printed in the EU

www.loewe-verlag.de

real

DER WASSERGEIST

#HILFERUF

Niemand weiß, wie groß das Ungeheuer ist, das ich gleich aus dem dunklen Wasser hervorlocken werde. Keiner hat es bislang zu Gesicht bekommen. Unzählige Schaulustige bevölkern deswegen das Ufer. Und hinter jedem der Elfen, Gnome und Tierwesen steckt ein eingeloggter Spieler irgendwo auf der Welt. Mittlerweile spielen alle **Exploria**. Chinesen im Großraumbüro. Norweger im Blockhaus. Vielleicht sogar Forscherinnen tief in der Antarktis, wenn gerade mal kein Eisbohrkern zu untersuchen ist.

Alle wollen sie sehen, was gleich passiert, wenn ich in die magische Muschel blase. Sie ist das einzige Objekt, mit dem sich das mächtigste aller Wassermonster aus dem **Teich der Tausend Tode** an die Oberfläche holen lässt.

Um die Muschel zu bekommen, war ich fast achtzig Spielstunden unterwegs. Der Weg führte mich durch Höhlen, in denen das Echo in den Ohren schmerzte, und durch Sümpfe, deren fauligen Gestank ich förmlich riechen konnte. Vielfach starb ich auf der Suche. Ich will sehen, ob es sich gelohnt hat.

Ich hebe die Muschel an meine Lippen. Mein Assistent **Samra** öffnet das Waffenmenü und lässt die Objekte kreisen. Bazooka, Harpune, Granatwerfer – er kann sich nicht entscheiden.

„Wie kann es sein, dass du noch nicht so weit bist?", meckere ich. „Du bist ein NPC! Du wirst vom Computer gespielt!"

„Keine Diskriminierung der künstlichen Intelligenz", antwortet **Samra**.

Früher habe ich die riesige Welt von **Exploria** mit **Wirrbart** erforscht. Bis ich herausfand, dass meine eigene Lehrerin diesen genialen Magier spielte. Deshalb lasse ich mich auf keinen menschlichen Begleiter mehr ein. Die Computerfiguren sind allerdings seit einigen Wochen so schlagfertig, dass man sich denken könnte, es steckten ebenfalls echte Menschen dahinter, also Angestellte des Entwicklerstudios. Aber dann müssten ja Hunderttausende an den Headsets hocken. Kann also nicht sein.

Samra zögert weiter die Wahl seiner Waffe hinaus. Wer so sehr trödelt, hat dafür Gründe. Mir kommt ein Verdacht.

„Sag mal …", frage ich ihn, „hast du etwa Schiss?"

Also hat er. Unglaublich. Nicht nur, dass die NPCs mittlerweile reden wie Menschen. Die Entwickler haben ihnen sogar Ängste verpasst. Als Upgrade sozusagen.

Verstehen kann ich es ja. Die Gerüchte über das Wassermonster aus dem Teich der Tausend Tode sind Furcht einflößend. Wer es besiegt, sagt man, erhält so viele Erfahrungspunkte, wie man sie sich sonst nur in einem Jahr erspielen könnte. Wer aber unterliegt, dessen **Character** wird fast bis auf die Werkseinstellung zurückgeworfen. Zudem verschwindet er in dem Wesen und muss sich mühselig wieder aus ihm herauskämpfen.

Den Weg aus dem Ungeheuer heraus zu finden – wer weiß, wie lange das allein dauert. Seine Figur wieder auf das Level von vorher zu bringen? Das kostet einen garantiert Monate.

Dieses **Magen-Level** soll das zäheste, dunkelste und mühseligste sein, das je programmiert wurde. Wenn's denn existiert. Den Verlust so vieler Punkte kann ich mir nicht erlauben. Ich habe mir einen Status erarbeitet, um den die meisten Spieler rund um die Welt mich beneiden. Da ich einer der Ersten war, die **Exploria** gespielt haben, gehöre ich zu den fünfzig besten Spielern weltweit. Gestern stand ich auf Platz 47. Ende vergangener Woche sogar auf Platz 39. Alle kennen meine Figur **Modi**.

Meine Prominenz ist auch der Grund, wieso so viele Spieler am Uferrand stehen. Unter den Schaulustigen ist gerade auch **Gaia Girl** aufgetaucht. Sie würde ich selbst dann noch erkennen, wenn sie mitten in einer Schlacht stünde, umhüllt von aufgewirbeltem Staub.

Emma steckt hinter der Figur. Auf ihrem Kanal **Emmas Eyecatcher** hat sie ein Video daraus gemacht, wie sie sich bei **Exploria** anmeldet und **Gaia Girl** gestaltet. Allein für das glitzernde Grün der Haare nahm sie sich zehn Minuten Zeit.

Ich blase in die Muschel. **Samra** jammert. Das Wasser beginnt zu blubbern. Die Musik schwillt an. Dunkle Trommeln. Finstere Hörner. Dampf steigt auf. Der **Teich der Tausend Tode** blubbert nicht bloß – er kocht! Die Zuschauer am Ufer raunen. **Samra** wird bleich. Als Computerfigur! Die Designer denken an alles. Sicher, auch woanders schauspielern die digitalen Gesichter mittlerweile herausragend. Manchmal sogar viel besser, als es echte Darsteller können. Aber das hier, das wirkt irgendwie ... spontaner.

Es bildet sich ein Strudel. An seinem Rand zischt es, denn während das Wasser in der Mitte kocht, gefriert es außen. Harte Tropfen steigen auf wie glitzernde Gewehrkugeln. Als ob die drei Monde über uns eine stärkere Gravitation ausüben als der Planet.

Samra ruft: „Schild!"

Er wirft sich vor mich. Einige der glitzernden Gewehrkugeln aus Eis treffen ihn, noch bevor er sich mit einem Schutz aus dem Holz der **Weißeiche** ausrüsten kann. Verlorene Hitpoints purzeln über den Bildschirm. Ich ducke mich. Nun prasselt das gefrorene Wasser auf das Holz ein, das härter ist als die meisten Metalle im Spiel. Der Klang ist mal wieder unglaublich. Der Norweger in seiner Hütte muss denken, sie würde tatsächlich von außen beschossen.

Der Angriff mit den Eisgeschossen endet. Die Musik bremst ab. Weniger Trommeln, mehr Streicher. Aus dem Auge des Strudels erhebt sich eine Plattform. Rauschend fließt das Wasser von den Rändern ab.

Auf der großen Plattform steht ein winziges schwarzes Gespenst. Seine Gestalt leuchtet in dem tiefsten Schwarz, das ein Monitor jemals dargestellt hat. Aus der Finsternis heraus fixieren uns zwei grelle, pupillenlose Augen.

Einen Augenblick lang geschieht gar nichts, dann beginnt der nasse Schatten zu schreien. Am Ufer zucken die Figuren zusammen. Einige verschwinden, da ihre Spieler sich ausloggen, weil es so in den Kopfhörern kreischt. Die Frequenz ist die Hölle. Fingernägel auf einer Tafel klingen angenehm dagegen. Trotz des Lärms begreife ich die Aufgabe. Die meisten Objekte in **Exploria** haben größte Bedeutung. Sie ziehen eine Menge nach sich. Sie verbinden sich mit anderen. Sie pflanzen etwas, das man später im Spiel erntet.

Dort, wo ich die Muschel fand, gab es als Dreingabe ein paar Melodien, die ich auf ihr zu spielen lernen sollte. Jede davon trug einen bedeutungsschweren Namen.

Man muss sie ins Mikrofon des Headsets pfeifen. Eine davon hieß **Slumber**, also Schlummer. Die wird es sein. Durch sie kann ich den schwarzen Wassergeist besiegen. Ihn erlösen. So ist das wahrscheinlich gemeint. Der Geist ist gar nicht böse, er hat Schmerzen. Wer ihn besiegt, befreit ihn davon. Wie ging die Melodie noch? Sie hatte nur vier Töne. Ich versuche ein paar, doch das Kreischen wird nur stärker. Das gibt Kopfschmerzen! Wer soll sich dabei konzentrieren? Sich bei diesem Lärm an ein unschuldiges, kleines Lied erinnern?

Am Ufer lösen sich immer mehr Figuren in Luft auf, doch Emma bleibt stehen. **Gaia Girl** hält stand. Ich darf sie nicht enttäuschen. Ich darf morgen nicht in die Schule kommen als der, der von einem kleinen Geist durch Kreischen besiegt wurde.

Obwohl, von innen muss das Wesen unendlich viel größer sein als von außen, wenn es einen verschlucken und in ein riesiges Level aus Finsternis werfen kann. Ich konzentriere mich. Atme tief durch. **Alt F7**. Dann blase ich die richtige Melodie.

Sie klingt traurig und doch nach Hoffnung. Bloß vier Töne, aber gut gewählt. Das Kreischen wird leiser. Die Augen des schwarzen Geistes schauen mich an wie die eines erstaunten Kindes. Sie sind nur grelle Lichter und doch ändert sich was in ihnen.

„Das ist es!", haucht **Samra**. Er nimmt den Schild runter. „Mach weiter!"

Ich wiederhole die Melodie. Ton für Ton. Sitze in meinem Zimmer und pfeife ins Mikrofon, während **Modi** in die Muschel bläst.

Falls das ein Nachbar hört, durch ein Fenster, das auf Kipp steht, oder meine Eltern ... die müssen denken: Jetzt ist er endgültig verrückt geworden.

Der dunkle Geist beginnt zu schimmern. Ich habe recht. Ich befreie ihn, indem ich ihn in den Schlaf singe. **Der Teich der Tausend Tode** war sein Fegefeuer. Der Schlaf ist sein Aufstieg in den Himmel. Gleich wird er sich auflösen, und ich werde belohnt mit den Erfahrungspunkten von Monaten. Dieser Sieg katapultiert mich in die Top Ten. Auf der ganzen Welt werden sie darüber sprechen. In Zügen, auf Ozeandampfern, in Flugzeugen. Überall dort, wo auch nur ein Hauch von Internet hinreicht.

„Oh, shit!"

Diese zwei Worte kann **Samra** noch äußern, bevor eine Rakete ihn vor meinen Augen aus dem Bildschirm reißt. Blutspritzer landen von innen auf dem Monitor. Links unten rutscht ein Stück Gedärm langsam das simulierte Glas hinab.

Der dunkle Geist beginnt wieder zu kreischen, schräger als je zuvor. Ich schaue mich hektisch um, drehe den Blick zum Ufer. **Gaia Girl** zeigt panisch in die andere Richtung. Ich schwenke um.

Auf dem schwarzen Wasser des Sees nähert sich ein Kriegsschiff. Klein, aber effizient. Wie diese Jeeps mit den aufmontierten Gewehren, nur eben als Schnellboot. Auf dem schwarzen Gefährt ist ein Raketenwerfer angebracht.

Es ist **Dark Ambush**. Ein Troll, der zerstört, was andere sich erarbeitet haben. Seine zweite Rakete verwandelt auch mich in eine Explosion aus Blut.

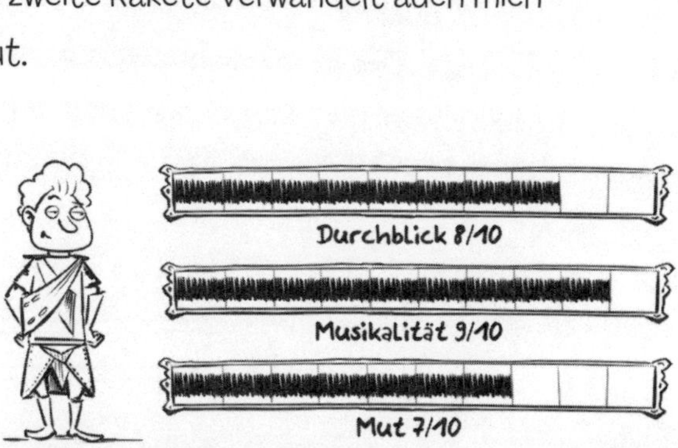

DAS ABWERFEN

#FEINDSCHAFT

„Aber eigentlich darf man doch wählen", protestiert Fadi in der Turnhalle. Herr Löffler hat ihn zum **König** der einen Mannschaft im Völkerball bestimmt. Marek von der Köhlerschule bildet das Oberhaupt des anderen Teams.

„Wahlen sind gut, solange eine Gesellschaft funktioniert", sagt unser Sportlehrer.

Mit „falsch" meint Herr Löffler, dass Fadi dann nur Leute auf seine Seite holt, die schon immer auf unserer Schule waren. Und Marek nur die Kids aus seinem gefährlichen Viertel.

„Das geht doch sowieso nicht ganz auf", versucht Fadi es

weiter. Doch Herr Löffler bleibt hart. Er schickt mich in das Team von Marek. Als Nächstes pickt er Simon von der Bank und sortiert ihn Fadi zu. Marek räuspert sich. Wie ein Clanchef, wenn einer aus seiner Gang nicht spurt.

Simon bleibt stehen. Marek legt den Kopf schief. Sein Blick sagt laut und deutlich, ohne dass er sprechen muss: „Dein Ernst?"

Simon zeigt auf Herrn Löffler, nach dem Motto: „Was soll ich machen?"

„Was ist? Klebstoff unter den Sohlen?" Herr Löffler lacht über seinen eigenen Witz. Simon schlurft gequält weiter zu Fadis Gruppe. Er guckt, als würde er damit tatsächlich seinen Boss verraten. Denn das scheint Marek für ihn zu sein. Das ist uns schon aufgefallen, als sie aus dem Köhlerviertel vor zwei Wochen auf unsere Schule kamen, weil es in ihrer Schule einen Wasserschaden gab. Seither wollen alle Lehrer, dass wir Teams bilden. Aber das klappt ungefähr so gut wie bei Katzen und Hunden.

„Fadi?“

„Ja?“

„Wähle deinen nächsten Mitspieler. Oder Mitspielerin.“

„Das ist doch albern. Ich darf ja nicht wählen.“

„Doch. Jetzt ist wieder jemand dran, der schon länger auf unsere Schule geht. Aus denen kannst du wählen.“

Fadi schüttelt den Kopf. Er wählt Emma. Sie hüpft fröhlich zu ihm. Einen Augenblick lang sehe ich ihr Haar goldgrün schimmern, wie bei **Gaia Girl**.

Heute Morgen hat sie mich getröstet wegen des Angriffs von **Dark Ambush** gestern Nacht.

Ich hatte gar nicht gemerkt, dass es schon Nacht geworden war. Sonst hätte ich nicht so laut geflucht, dass meine Eltern in mein Zimmer stürmten, weil sie dachten, ein Einbrecher sei gekommen.

Mein Vater meinte, kein Spiel der Welt dürfte einen so aufregen. Meine Mutter nahm für den Rest der Nacht den Netzstecker mit.

Marek holt sich Amber ins Team. Das boshafteste Mädchen, das die Köhlerschule zu bieten hat. Bislang war der Plagegeist unserer Schule ja Manuel, der Jagdvogel. Doch gegen Amber wirkt er wie eine kleine Eule aus Plüsch.

Das Spiel läuft gerade zwei Minuten, da klatscht mir Amber von hinten den Ball in die Kniekehlen. Ich knicke zusammen wie ein junger Baum im Sturm. Vor allem, da ich mich erschrecke.

Beim Völkerball erwartet man schließlich nicht, auf dem eigenen Innenfeld von einer Teamkollegin abgeworfen zu werden.

Auf der anderen Seite reißt Emma ihre schönen Augen auf und protestiert: „Hey, was soll das denn?“ Sie kommt herüber. Amber hebt die Arme wie ein Fußballer, der nach einem Foul so tut, als ob nichts gewesen ist.

„Amber!", mahnt Herr Löffler. Er stellt sich dazwischen.

„Ben stand im Weg", lügt Amber. Wenn Manuel eine Plüscheule ist, ist sie ein mechanischer Geier. Eine Androidin.

Emma schimpft. „Was wolltest du denn treffen, wenn Ben im Weg stand? Die geheime Bodenklappe in den Keller, oder was?"

„Wir spielen hier nur gemeinsam ein Spiel!", sagt Herr Löffler, hebt die Arme und fügt hinzu: „Und Mitglieder des eigenen Teams kann man nicht abwerfen."

Ich rappele mich wieder auf. Die beiden Mädchen entfernen sich langsam voneinander. Im Rückwärtsgang, wie zwei Katzen, die sich in Zeitlupe bewegen und dabei einander leise knurrend beobachten.

Es geht weiter. Fadi wirft den Ball über unsere Köpfe rüber in das Feld seines Teams. Dieses seltsame Spiel hat mich mein Leben lang verwirrt. Es wird eigentlich auch nicht mehr gespielt, aber Herr Löffler meinte, es sei gut dazu geeignet, die neuen und die alten Schüler einander näher zu bringen.

Simon fängt den Ball und könnte nun jemanden aus unserem Team abwerfen. Einen Moment lang sieht es auch so aus, als ob er es versuchen möchte, doch dann trifft sein Blick wieder den von Marek, der neben mir steht. Lautlos gibt der Gangsterboss ihm einen Befehl. Simon zögert kurz. Zwei Sekunden lang ringt er mit sich. Dann wirft er den Ball in seiner eigenen Hälfte auf Emma. Ich sehe rot. Schnaufend renne ich rüber und auf Simon zu. Ich fluche.

Alle geraten in Aufruhr. Herr Löffler jammert. Vermutlich stellt er sich vor, wie er bei der Rektorin antanzen muss, weil ein Schüler in seinem Unterricht einen anderen Schüler niedergeschlagen hat. Denn das werde ich gleich mit Simon machen. Niemand wirft Emma ab. Jedenfalls nicht aus reiner Boshaftigkeit. Noch drei Schritte und Simons viel zu zarte Nase wird Bekanntschaft mit meiner **eisernen Faust** machen. Ich hebe bereits den Arm, da schiebt sich Emma zwischen mich und mein Zielobjekt.

„Wie, nicht? Der hat dich abgeworfen! In der eigenen Hälfte!"

„Das war keine Absicht."

Ich glaube, ich höre nicht richtig. Wieso sagt sie das?

Herr Löffler ist froh, dass sie mich aufhält. Trotzdem klagt er: „Es muss doch möglich sein, die Völker zu verbinden!"

Emma nimmt meine Hände und sieht mir tief in die Augen. Mein Herz klopft. Ihre Haut ist weich, zart und warm. Wortlos vertagt sie die Diskussion.

Ich wusste gleich, dass es ein Fehler war, die Leute aus dem Köhlerviertel bei uns einzuquartieren, solange deren Schule repariert wird. Das Köhlerviertel passt nicht zu uns. Wir sind wie ein **Popsong** mit viel Melodie. Die sind wie finsterer **Rap** mit Wutrotz zwischen den Lippen.

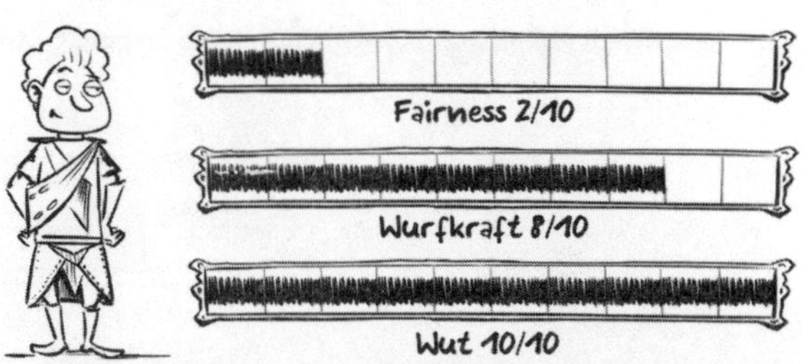

DER JUBEL

#TANZWIRBEL

Die Glocke schlägt zur großen Pause. Ich will wissen, wieso Emma den blöden Simon verteidigt hat. Wie Fischschwärme sortieren sich auf dem Schulhof die Kleistschüler und die Gäste von der Köhlerschule in zwei sauber getrennte Gruppen. Auf der runden Tischtennisplatte klackern die Bälle. An den Basketballkörben klimpern die Netze.

„Simon hat mich nur wegen Marek abgeworfen“, sagt Emma. „Er selber wollte das gar nicht. Das konnte man doch sehen.“

Ich werfe den Kopf nach hinten. „Ja, die Soldaten im Krieg wollen auch keine Bomben abwerfen. Trotzdem ist das falsch. Und überhaupt – Marek ist doch kein **Oberbefehlshaber**!“

„Für Simon ist er das irgendwie schon", sagt Emma. Sie zeigt rüber zu den beiden. Gerade eben prüft Marek das Brötchen, das Simon von daheim mitgebracht hat. Offenbar gefällt ihm der Belag besser. Sie tauschen.

„Ich frage mich, was da vor sich geht", sagt Emma. Sie streichelt mit den Fingern ihr süßes Kinn. Heute hat sie die Nägel in grün lackiert, wie die Haare ihrer Spielfigur.

„Die sind einfach alle krank in dem Viertel", sage ich, „das geht da vor sich. Mehr nicht."

Emma murmelt den Satz so nachdenklich, als gäbe es nichts Wichtigeres. Ich mag nicht, wie sehr sie sich für Simon interessiert. Es fühlt sich falsch an. Im Magen. In den Ohren. Im Hals. Überall.

An der Tischtennisplatte kommt das Spiel zum Erliegen. Ein Schüler klettert hinauf und lässt sich von einem anderen dabei filmen, wie er herunterspringt. Er wirft die Beine zur Seite und reißt die Arme nach oben. Fadi kaut ein Schaumkussbrötchen und fragt: „Was machen die denn da?“

Emma und ich wissen es. Wir grinsen. Ich erkläre es ihm. Fadi hat immer noch keinen Account bei **Exploria**.

„Die drehen einen Jubel.“

„Einen was?“

„Du guckst doch Fußball“, sage ich. Fadi nickt. Zwar liegt sein Hauptinteresse darin, für seinen Kanal **Fadis Lost Places** alte Ruinen und verlassene Orte zu filmen, aber die Spiele der

Bundesliga verfolgt er alle. Selbst, wenn's nur gegen Augsburg oder Paderborn geht.

„Jeder echte Fußballstar hat doch einen ganz eigenen, typischen Jubel. Den nur er so macht."

Fadi nickt: „Wie bei Ronaldo. Dieser Sprung, der so breitbeinig endet. Arme zur Seite. Brust nach vorn."

„Richtig", schaltet sich Emma ein. „Und genauso ist das in Computerspielen. Bislang haben die Figuren das von selbst

gemacht, aber bei **Exploria** kann man für seinen Charakter einen eigenen Jubel aufnehmen und dann ins Spiel übertragen."

An der Tischtennisplatte wiederholen sie den Jubelsprung. Für alle Fälle. Auch beim Film dreht niemand eine Szene nur einmal.

„Das ist ja abgefahren", sagt Fadi. „Hast du denn einen guten Jubel, Ben?"

Emma zieht die Brauen hoch. Da hat unser Gamer-Amateur Fadi ins Schwarze getroffen. Ich brauche dringend einen.

„Du bist doch angeblich so ein Star in dem Spiel geworden. Und du nutzt immer noch den Standardjubel?“

Meine Wangen werden heiß. Fadi zieht sein Telefon aus der Hosentasche.

Emma klatscht in die Hände: „Ja!“

„Wie soll ich spontan einen guten Jubel erfinden?“

„Scheiß auf gut“, sagt Fadi. „Er muss nur einzigartig sein! Die von **St. Pauli** sind im Fußball auch nicht gut, aber jeder kennt sie. Wolfsburg war mal Meister und die kennt keiner.“

Fadi richtet die Kamera auf mich. Emma ihre Augen. Es gibt kein Zurück. Ich überlege. Obwohl, eigentlich überlege ich kaum. Ich fange einfach an. Ich tanze den Floss aus **Fortnite**, mit dem Unterschied, dass ich mitten drin eine Drehung einbaue. Einen blitzschnellen Wirbel, der mich selbst überrascht.

„Jawoll!“, ruft Fadi. „Nochmal!“

Ich wiederhole den Trick.

Emma klatscht: „Die Drehung sieht aus wie bei Michael Jackson!“

Ich grinse. Flosse weiter. Wirble weiter. Alles für die Linse. Alles für den Jubel von **Modi**, der sich die verlorenen Punkte zurückholen wird, die **Dark Ambush** ihm gestern genommen hat. In das Gejohle von Fadi und die Komplimente von Emma mischt sich ein langsames, höhnisches Klatschen. Patsch. Patsch. Patsch. Es stammt von Marek. Seine Marionette Simon klatscht mit.

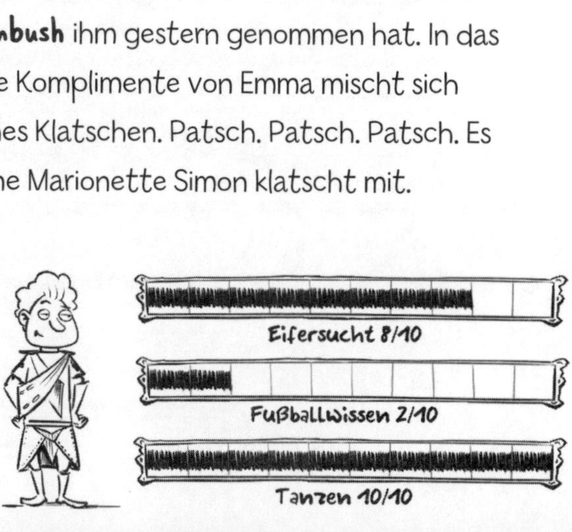

DER KARTOFFELDIEB

#REALMOVE

Das Geräusch der Hufe auf dem Wüstenboden klingt satt und warm. Am Himmel kreischen ein paar Jagdvögel. Der Wind sortiert mit spitzen Fingern die struppigen Blätter der Palmen. Ich bin auf dem Weg in die Wüstenstadt **Bardun**. Diese neue Gegend ist für alle Spieler leicht zu betreten. Es gibt kaum übernatürliche Feinde dort, und sie liegt auf dem gleichen Kontinent wie die tropischen Sümpfe mit den Spiralbäumen. Feuchtes Klima, trockene Wüste, schneekalte Berge – es gibt alles in **Exploria**.

Bardun hat keine Stadtmauern. Der Ort fängt einfach an. Links von mir steht eine kleine Wand mit rostigen Gittern zwischen Rundbögen. Uralt, zwecklos, von Efeu bewachsen.

Rechts schmiegen sich die ersten, brüchigen Häuser in den Sand, hingeworfen wie Steine.

Weiter vorne höre ich Stimmen und das Klimpern von Krügen und Schüsseln aus Ton. Da muss der Markt sein. Rund um diesen Basar findet man immer jemanden zum Streiten. Einen betrunkenen Menschen für einen Faustkampf. Einen nüchternen Halbriesen für ein Gefecht Schwert gegen Keule.

Die Marktgasse erscheint. Das Licht wird heller. Gebäude aus Sandstein. Stände aus Holzpfählen mit Dachplanen aus Tierfellen. Ich steige ab und binde das Pferd an.

Jeder Kampf füllt mein Konto, das **Dark Ambush** letztens so böse geleert hat, wieder mit Erfahrungspunkten auf. Durch seine Attacke auf dem **Teich der Tausend Tode** bin ich aus den Top Fünfzig der besten Spieler ins Nirwana der Glücklosen gerutscht.

Dark Ambush hat mich mittlerweile sogar überholt. Obwohl er nur zerstört und nie erschafft.

„Etwas **Tiefengold** gefällig, junger Mann?“, krächzt eine alte Frau hinter ihrem Stand. Ich schaue hin. Das Menü surrt auf. Es zeigt mir an, dass ich für fünf Dukaten nahrhafte Kartoffeln erwerben könnte. In **Exploria** heißen sie **Tiefengold**, da sie in der Erde wachsen und das wichtigste Nahrungsmittel darstellen.

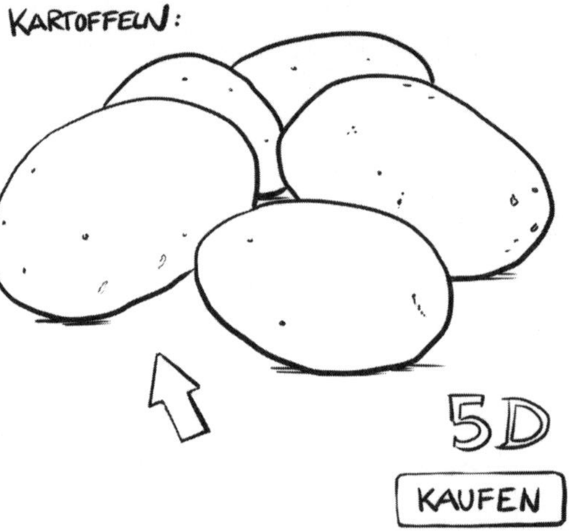

Die Entwickler haben vieles einfach umbenannt. Äpfel zum Beispiel sind hier **Sonnenkugeln**. Brokkoli heißt **Krümelkohl**. Das Wort passt gut, doch ich frage mich, wieso sie dieses furchtbare Gemüse überhaupt eingebaut haben.

Ich halte Ausschau nach möglichen Gegnern. Es können auch echte Spieler sein, die sich auf ein Duell einlassen. Hier laufen sicher einige herum. Die Entwickler geben immer wieder neue Gebiete frei, damit wir alle am Ball bleiben.

Andere Gegenden wiederum halten sie hart geschlossen. Nur

zwei Spieler sollen es bislang geschafft haben, in die Region hinter dem **Knüllwald** zu kommen. Die Wutwurzel überwinden einige, aber das Völkchen der Wutwichtel geht bei fast allen Spielerkontakten in die Luft.

Ich schaue kurz nach oben. Puderwolken an einem glasklar blauen Himmel. Meine Schuhsohlen knirschen auf dem sandigen Boden. Ein Hund schnüffelt an meiner Hose.

Es klingt so realistisch in den Kopfhörern, dass man in echt nach unten schauen und nachsehen möchte, ob ein kleiner Terrier ins Zimmer eingedrungen ist. Vielleicht hat mir **Dark Ambush** ja sogar einen Gefallen getan, als er mich vom Boot schoss. Vielleicht hätte mich der Wassergeist kurz vor seiner Erlösung durch meine Melodie auf der Muschel doch noch eingesaugt.

In dem Fall würde ich jetzt durch das dunkelste Level aller Zeiten tapsen statt über einen sonnigen Markt. Wenn die Gerüchte stimmen. Das machen sie schließlich auch sehr gut in diesem Spiel – Legenden streuen. Niemand hat das riesige Dunkel im Inneren des kleinen Geistes jemals gesehen, aber alle reden darüber. Im Forum. Wer weiß, wie viele von den Usern dort in Wirklichkeit zu der Firma gehören, die das Spiel entworfen hat? Vielleicht ist der Wassergeist leicht zu besiegen. Vielleicht besteht sein Inneres nicht aus Finsternis, sondern aus einem quietschbunten Bonbonland. Wer weiß?

„Ein Dieb! Ein Dieb! Haltet ihn doch auf!"

Ich drehe mich um. Die alte Frau vom Kartoffelstand wirft klagend die Arme nach oben. Der Typ, der sie beklaut hat, wird am Bildhorizont immer kleiner. Meine Chance!

Ich ramme meinen linken Finger auf die Leertaste und renne dem Mistkerl hinterher. Ein paar Besucher des Marktes schubse ich aus dem Weg. Sie schimpfen. Die flüchtende Figur wird wieder größer. Es ist ein wuchtiger Mann. Ich bin leichter, schneller, wendiger.

Als ich nah genug an ihn herangekommen bin, drücke ich die Taste für den **Duellmodus**. Eine super Funktion, die mir als **Soldat der siebten Garde** zur Verfügung steht. Treffe ich auf einen Schurken, kann ich ihn auf diese Weise zum Kampf zwingen. Das Bild zoomt dann heran, stellt mich und meinen Gegner in den Vordergrund und untermalt den kommenden Kampf mit einer ganz speziellen Duellmusik. Fluchend dreht der Dieb sich um. Auf seiner rechten Oberlippe wachsen zwei dicke Haare wie junge Birken aus einer traubengroßen Warze.

In der Tat. Der Mann trägt kein Schwert, keinen Säbel, keine Kanone, keinen Morgenstern. Nicht einmal das kleinste Messer oder wenigstens eine winzige Bartschere.

Das bedeutet: Greife ich ihn mit meiner Klinge an, verliere ich sogar Punkte.

Exploria legt Wert auf Fairness. Das ist irgendwie schon cool, aber auch manchmal nervig. Als hätten Eltern an dem Spiel mitprogrammiert.

„Rück das **Tiefengold** raus!", sage ich.

Der Dieb antwortet: „Hol es dir doch!"

Ich stecke das Schwert wieder weg und hebe meine Fäuste. Mit gut gebräunter Haut ragen sie ins Bild. Wir wollen gerade anfangen zu kämpfen, da ertönt eine Melodie. Das Spiel blendet ein Menü ein.

Ein Angebot: Wenn ich dieses Duell mittels der neuen Funktion **Real Move** ausführe, bekomme ich dreimal so viele Punkte. Ich seufze. Das ist natürlich reizvoll. Und einmal eingerichtet, kann ich die Funktion immer wieder verwenden, bei jedem weiteren Duell.

Ich hab's halt noch nicht gemacht. Weil ich faul bin.

Buffy schleicht ins Zimmer, springt auf den Schreibtisch und

Kamera erfasst, drücke auf Aufnahme und gehe dorthin. Sanft flüstert der Wind in den Blättern.

Ob einer guckt? Der Weg hinter unserem Gartenzaun ist leer. In der Ferne schreit ein Fasan. Niemand geht Gassi. Also gut, dann fange ich mal an. Ich setze einen Fuß nach vorn, hebe die Arme und denke an Boxkämpfe. Die linke Hand als Deckung. Die rechte macht einen Schlag.

Zack. Eine Gerade ans Kinn des Gegners. Noch eine. Das Handy filmt. Der Weg bleibt leer. Was machen die Boxer sonst? Einen Haken! Von unten gegen das Kinn. Ich spiele es nach, gegen meinen Gegner aus Luft. Ich japse. Komme jetzt schon aus der Puste. Aber ich muss zugeben, Spaß macht es schon. Ich spüre meinen Körper. Manchmal vergesse ich regelrecht, dass er da ist. Und erinnere mich erst dann wieder an ihn, wenn er müffelt wie ein alter Schuh.

Auf dem Rasen tauchen in meiner Fantasie lauter Gegner auf, gegen die ich schon mal gekämpft habe. Nicht nur in **Exploria**, sondern auch in anderen Spielen. Oder in Filmen. Mein Vater zeigt mir viele „Klassiker". Uralte Sachen, die ich „kennen muss". Manche sind peinlich, andere wirklich gut. Auf seinem alten **Super Nintendo** haben wir **Street Fighter 2** gespielt. Das macht stabil Bock. Da gibt es einen Russen namens Zangief, der ist über zwei Meter groß und hat überall Narben, weil er in Sibirien mit bloßen Händen gegen Braunbären kämpft.

Ich boxe Zangief mit meiner rechten Geraden und halte mir die schmerzende Faust. Der Russe lacht. Was für ein harter Körper! Genauso gut könnte ich mit bloßen Knöcheln auf die Hauswand einschlagen.

Der Riese wartet ab. Greift nicht von selbst an. Grinst. Ich versuche es mit meinem rechten Haken, doch sein Kinn liegt viel zu weit oben. Da komme ich gar nicht ran. Langsam werde ich sauer. Ich denke immer weniger. Stattdessen mache ich einfach. Wie ein Kickboxer trete ich gegen die stählernen Beine.

Der Russe versucht, mich zu greifen. Jetzt kommt mir zugute, dass ich im Vergleich zu ihm winzig bin. Ich tauche unter seinen baumstammgroßen Armen hinweg. Er dreht sich um, ich brülle und trete mit meinem rechten Fuß in die Luft. Mein Körper ist völlig erstaunt darüber. Der Fuß schwingt so hoch, wie wir es niemals gedacht hätten. Also mein Körper nicht und ich ebenso wenig. Ich treffe tatsächlich das Kinn des Russen, falle aber gleichzeitig hintenüber und plumpse auf den feuchten Rasen wie eine umgeschubste Kuh.

Der Rasen ist nicht so weich, wie er aussieht. Er betrügt einen, dieser Rasen. Liegt sanft auf einer Erde, die knochenhart auf meine Wirbelsäule hämmert.

„Wenn Bruce Lee das noch sehen könnte! Ein Tritt zum Kopf mit anschließendem Rückenklatscher. Das irritiert den Gegner gleich doppelt, was?"

Am Zaun steht unser Nachbar Heinz und hält sich seinen runden Bauch vor Lachen. Wie lange guckt der mir schon zu? Oben im Büro öffnet mein Vater das Fenster. Ein wenig Staub weht heraus ins Freie. Heinz hebt seinen großen Kopf. „Tobias, guten Morgen am späten Mittag! Dein Sohn wirft sich hier lebensmüde aufs Gras, um die Wühlmäuse zu vertreiben!"

Mein Vater schaut zu mir herunter, wie ich platt zwischen den kleinen Löchern liege.

Ich protestiere:

„Na klar", sagt Heinz, „und ich bin **Walking Senior** als **Observer** für **Falling Boys** bei **Neighbour Family**."

„Mein Sohn treibt Sport!", ruft mein Vater. „Anders als die

Kinder, die ständig nur vorm Rechner sitzen. Und Schattenboxen ist eine der anstrengendsten Sportarten überhaupt."

Es gefällt mir, wie mein Papa mich verteidigt. Er selbst fährt nur hin und wieder Fahrrad. Sonntags, zum Bäcker. Da holt er sich dann als Belohnung für die fünfminütige Fahrt ein Schoko-Croissant für den Rückweg. Ich rappele mich auf und klaube mein Telefon von der Fensterbank.

Mein Vater ruft aus dem Fenster: „Ben geht sogar joggen."

„Ja", bestätige ich. „Zweimal die Woche. Wenn nichts dazwischen kommt."

Heinz lacht. Auf diese spöttische Art, bei der viel Luft aus der Nase kommt. Eher wie ein Schnaufen. Ein Schnauflachen. Also ein Schlachen. Er weiß, dass ich nicht so oft jogge. Er sieht ja alles.

Im Haus verbinde ich das Handy mit dem Rechner. Ich öffne den Nutzerbereich von **Exploria** und gehe zum neuen Unterpunkt **Real Move**. Ein Menü öffnet sich, das wie die Software von Filmemachern aussieht, die in Hollywood die Spezialeffekte

gestalten. Oben rechts dreht sich meine Figur **Modi** langsam um die eigene Achse. In der Mitte gibt es ein Fenster, in dem ich das Video aus dem Garten bearbeiten kann. Ich schiebe die Datei hinein. Langsam erscheint mein Schattenboxen in ganzer Länge. Die verschiedenen Moves brauche ich aber einzeln.

Ich setze Schnitte. Nach der rechten Geraden, dem Haken, dem Ausweichen und dem **High Kick**. Wie ich würdelos auf den Rasen plumpse – das schneide ich natürlich raus. Nur der geile Tritt soll übrig bleiben. Ich setze den Schnitt an, da öffnet sich die Zimmertür. Mein Vater.

„Viel Gutes verschwindet aus der Welt", seufze ich laut. „Der Mozzarella Stick bei **McDonald's**. Cola mit Kirschgeschmack. Und das gute alte Klopfen, bevor man das Zimmer des Kindes betritt."

Mein Vater ignoriert die Kritik. „Du bist zu viel in diesem Spiel, Ben! Auch, wenn ich es gut finde, dass diese neue Funktion euch Kids wieder in Bewegung bringt."

„... sagt der Mann, der mindestens acht Stunden am Tag vorm Rechner sitzt ...", sage ich.

„Ich arbeite für die Weltrangliste", sage ich. „Noch dieses Jahr gehöre ich bei **Exploria** zu den zehn Besten. Wart's nur ab!"

„Geh wenigstens wirklich joggen", sagt mein Vater.

Ich lade alle Moves hoch, gebe ihnen Namen und übertrage sie auf meine Figur. Wann immer **Modi** also jetzt im Spiel boxt, boxt er mit meiner Bewegung. Wann immer er sich wegduckt, duckt er sich weg wie ich. Und natürlich wird sein **High Kick** eine spektakuläre, finale Waffe in der Halbdistanz.

Ich rufe den Spielstand auf und stehe wieder vor dem Kartoffeldieb. „Rück das **Tiefengold** raus!", sage ich.

„Hol es dir doch!", antwortet der Dieb.

Ich greife an.

Meiner rechten Geraden weicht der Dieb aus. Er greift nach mir. Ich tauche unter ihm ab. Dann drücke ich die Tastenkombination, die ich meinem neuen **High Kick** zugeordnet habe. Mein Fuß trifft den Dieb genau auf seiner riesigen Warze über der Lippe.

Der Dieb fällt um ... ich allerdings auch! Völlig albern klatsche ich rückwärts auf den sandigen Boden des Marktes! Weil mein Vater mich gestört hat, habe ich den Sturz nach dem Tritt doch nicht rausgeschnitten.

Der Dieb liegt k.o. am Boden. Ich erhalte dreifach Erfahrungspunkte, weil ich **Real Move** verwendet habe. Na gut, wenn ich schon dabei bin, kann ich nach diesem Sieg über den Dieb auch direkt meinen neuen Jubel ausprobieren. Der Jubel liegt auf **F9**. Ich drücke die Taste und tanze meine Version des **Floss** mit Drehung. Danach bringe ich der Bäuerin ihre Kartoffeln zurück.

Sie bedankt sich überschwänglich. Feierliche Musik ertönt. Nicht zu groß, aber passend zum Anlass. Ich fühle mich ehrenvoll. Genieße die Situation. Drei Stände weiter verlässt ein Mann mit dunklem Umhang den Markt, als hätte er es plötzlich eilig.

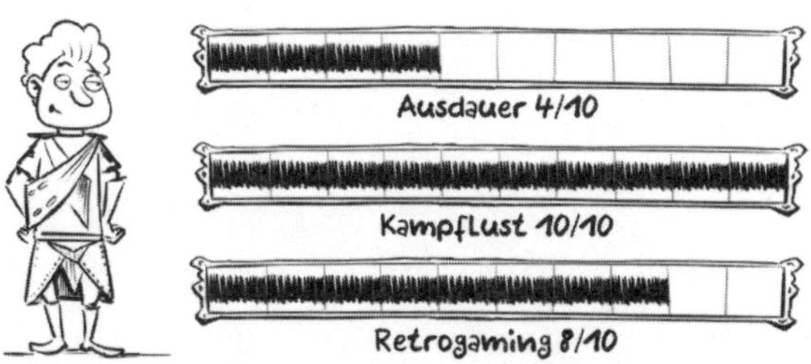

DIE FLUT AUS ÄRGER

#PSYCHO

„Haben Sie eigentlich deswegen keinen Mann? Weil Sie als Soldatin Leute umgebracht haben?“

Der Satz kommt wie ein Messerstich aus dem Hinterhalt. Frau Gneis, *unsere* Lehrerin, erstarrt. Das kommt sonst niemals vor. Gerade weil sie früher Soldatin war. Doch selbst sie sieht die Angriffe von Amber nicht kommen. Dieses Mädchen aus dem Köhlerviertel beleidigt die Menschen nicht einfach nur. Sie sucht ganz gezielt ihre wunden Punkte raus und rammt dann mit Worten die Klinge hinein.

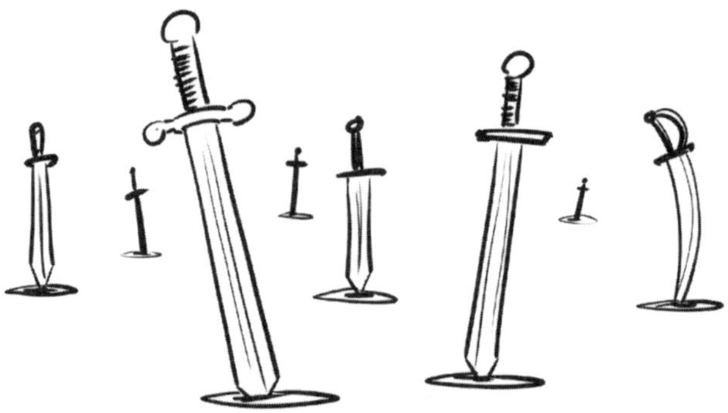

Marek lacht dreckig. Klar, er kommt ja auch aus der Nordstadt. Seine Marionette Simon kichert halbherzig mit. Kim schüttelt den Kopf. Djamila dreht sich zu Amber um und sagt: „Dein Ernst? Geh mal zum Arzt!“

Kim und Djamila haben immer Ärger mit Frau Gneis, aber sie ist unsere Lehrerin. Was hat diese dahergelaufene Amber sie so böse zu verletzen? Doch auch für Djamila weiß diese gar nicht süße Psychopathin eine Antwort: „Beim Arzt war ich gestern. Habe auch gleich einen Termin für dich gemacht, zum Fettabsaugen.“

Djamila springt auf und rennt zu Ambers Tisch.

Frau Gneis springt hinzu. Sie packt Djamilas Handgelenk mit der Rechten und zieht ihr mit der Linken die Schreibwaffe aus der Faust. Was ist hier bloß los? Unsere Schule war ein friedlicher Ort, bevor die aus dem Köhlerviertel gekommen sind. Frau Gneis schiebt Djamila auf ihren Platz zurück und versucht, sich nicht anmerken zu lassen, dass Ambers Bemerkung sie tatsächlich verletzt hat.

Nach der Schule beobachte ich Frau Gneis, wie sie ihr Rad aufschließt. Sie braucht drei Versuche, bis der Schlüssel trifft. Ob sie noch **Exploria** spielt? Ganz heimlich, für sich alleine? Mit einer anderen Figur als früher? Zwei Meter neben mir steht Emma mit diesem Simon am Zaun. Marek, sein Herr und Meister, ist noch auf der Toilette.

„Du magst wirklich den **Grabbelgarten**?“, fragt Emma.

„Der beste Laden der Stadt!“, sagt Simon. Seine Augen glänzen.

„Ich wollte gleich hin“, sagt Emma. „Komm doch mit.“

Der **Grabbelgarten** ist ein Trödelgeschäft. Antike Möbel, kleine Figuren, alte Bücher, Schallplatten. Otto, der Besitzer, bewahrt sogar Fotoalben auf – von fremden Leuten. Emma holt dort häufig Sachen, die sie auf **Emmas Eyecatcher** vorstellt. Ich gucke ja jede Folge.

Dass Simon den Laden auch mag, freut Emma offenbar so sehr, wie es Fadi freuen würde, wenn wir alle plötzlich über Nacht Arabisch könnten. Emmas Wangen glühen. Simon lächelt und schaut hinüber zu der Treppe vom Jungenklo. „Ich würde schon gern mitkommen, aber ..."

Simons großes „Aber" hat zwei Arme, zwei Beine, eine falsche Goldkette über dem schwarzen T-Shirt und eine umgedrehte Baseballkappe auf dem Schädel. Breitbeinig schreitet Marek vom Klo zu uns herüber, geht vorbei und bleibt drei Schritte weiter stehen.

Er dreht nicht einmal den Kopf! Im Grunde geben seine kalten Schultern den Befehl. Simon schaut Emma entschuldigend an, sagt „Komme!" und läuft Marek schließlich hinterher wie ein Dackel, der beim Gassi gehen herbeigepfiffen wurde.

Die beiden verlassen den Schulhof. Emma sieht ihnen nach. Sie schüttelt den Kopf und reibt ihre Nase.

„Der wollte mitkommen“, sagt sie. „Mehr als alles andere wollte Simon in den **Grabbelgarten** mitkommen. Das hast du doch auch gesehen, oder? Ben? Sag ehrlich: Bilde ich mir das ein?“

Ich kann Emma nicht anlügen, also antworte ich, so kurz ich kann: „Nein. Der wollte.“

Sie lässt ihren Rucksack von der Schulter rutschen, holt eine Flasche Pfirsicheistee heraus und trinkt. „Man müsste ihn mal ganz alleine erwischen“, sagt sie.

Fadi kommt hinzu. Er hält uns sein Telefon hin.

„Der ehemalige **real** im Köhlerviertel“, erklärt Fadi. „Seit drei Jahren verlassen. Angeblich liegen da immer noch Waren in den Regalen. Wie bei **The Walking Dead**, wenn sie auf der Suche nach Essbarem diese alten Filialen von **Walmart** aufbrechen und in den Gängen die Zombies warten."

Emma sagt: „Simon ist kein Goldketten-Angeber wie Marek. Das ist eigentlich eine ganz liebe Seele."

Es brennt in meiner Brust. Wut steigt auf. Noch mehr als wenn **Dark Ambush** mich vom Boot schießt. Ich trete gegen den Zaun und brülle meine besten Freunde an.

Emma und Fadi sehen mich erschrocken an. Ein Teil von mir weiß, dass er sich nun bremsen müsste. Ein Teil von mir weiß, dass der Aufruhr in mir gerade zu nichts Gutem führen kann. Womöglich sollte ich erst mal wieder atmen. Es klappt nicht. In den großen Büschen aus Rhododendron gegenüber raschelt es. Ich fluche weiter.

„Seit die auf unserer Schule sind, geht es um nichts anderes mehr. Oh, wieso gehorcht Simon diesem Marek bloß blind? Oh, wie sie wohl dort leben, jenseits der Unterführung? Ja, wie wohl? Das sind halt Asoziale! Wie die Leute im Fernsehen am Nachmittag. Wie die Rapper, für die alle immer nur Hurensöhne sind. Da sagt das **Alphamännchen** eben, wo es langgeht und das **Betamännchen** folgt. Und schwarze Geier wie Amber bringen sogar Frau Gneis zum Weinen. Unsere Frau Gneis! Und was macht ihr? Sorgt euch um diese zarten Seelen!"

Emma hält ihre Pfirsichflasche fest. Fadi zieht die dunklen Augenbrauen hoch. Ich kann nicht aufhören. Das ist wie ein Dammbruch. Selbst, wenn ich wollte, kriege ich die Flut aus Ärger nicht mehr zurückgedrängt.

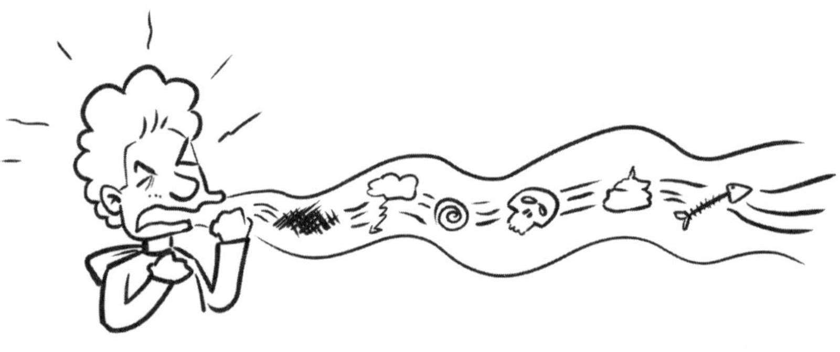

„Das sind keine netten Menschen, die sich bloß böse geben. Da steckt kein weicher Kern in der harten Schale. Ihr kennt die Geschichten doch selber! Die Mafia regiert dort und zieht ihren

Feinden die Fingernägel. Jungs, die man nicht mag, schlägt man einfach krankenhausreif und erzählt noch stolz davon."

„Ben, so kannst du das auch nicht ..."

Ich unterbreche ihn: „Komm mir nicht mit dieser Ben-Scheiße, Fadi! **Ben mich nicht!** Ich sage hier die Wahrheit, und ihr könnt sie nicht ertragen! Das. Sind. Alles. Asoziale. War das langsam genug?

Meine Güte, habt ihr gesehen, wie Amber gestern in die Schule gekommen ist? Sie trug eine Jogginghose von einer Hooligan-Marke und eine pinke Trainingsjacke mit Ärmeln aus falschem Leopardenfell. Das ist Abschaum, über den ihr nachdenkt!" Ich atme aus. Meine Freunde sehen mich schockiert an. Ich winke ab, gehe zu meinem Rad und lasse sie stehen.

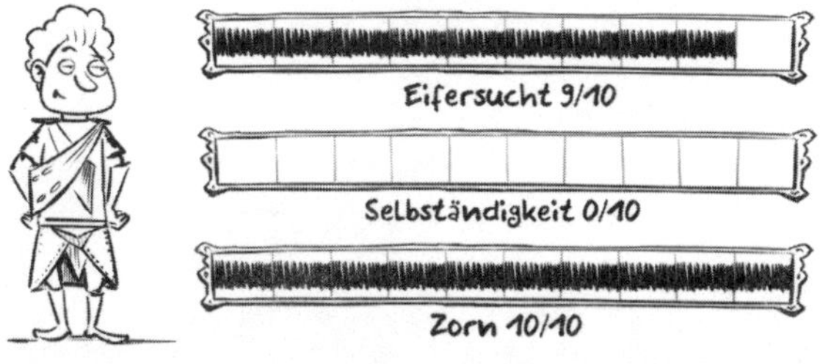

DIE FESTUNG

#HOMESWEETHOME

Am Abend trete ich auf die Terrasse in die warme Sommerluft hinaus. Meine Eltern sind nicht daheim. Sie sitzen mit ein paar Nachbarn beim Italiener. Den Nachbarn, die sie mögen. Also allen außer Heinz. In meiner Hand schwenke ich ein schweres Glas.

Meine Eltern haben keine Ahnung, wie gut gefüllt meine Bar ist. Die Flaschen lagere ich in einer antiken Schatzkiste. Das gute Stück steht verborgen hinter buschigen Zimmerpflanzen in einer Nische meiner riesigen Festung.

Ich gebe zu – bescheiden ist die Bleibe, die ich mir in **Exploria** gebaut habe, nicht. Im Prinzip ist das eine Ritterburg. Hohe Mauern um das ganze Gelände. Wachtürme an allen vier Ecken. Innenhöfe mit Brunnen und kleinen Gestüten für Pferde.

Eigene Wohnungen für meine Assistenten **Samra** und

Babylon, den **Vielzungenzüngler**, der alles übersetzen kann. Er arbeitete früher für Wirrbart, doch nach dessen Ausscheiden habe ich mir die Dienste dieses Genies verdient. Ich habe ihm im Ostteil der Burg eine Bibliothek gebaut. Aus meinem eigenen Haus erhebt sich der Hauptturm hundert Meter über das Meer.

Die Anlage steht auf einer Insel, die ich extra dafür aufgeschüttet habe. Das geht alles, wenn man im Spiel ausreichend Erfahrung und Geld gesammelt hat.

Die Entwickler haben im Grunde jedes erfolgreiche Prinzip aus der Geschichte des Gamings eingebaut. Je nachdem, was man in dieser Welt macht und welchen Spuren man folgt, ist diese größte **Open World** aller Zeiten **Sandbox**, **Aufbaustrategie**, **Action-Adventure**, **RPG**, **Jump'n'Run**, **Shooter**, **Beat'em up** oder **Stealth**. Manches die ganze Zeit. Manches nur für einzelne Szenen.

Abends aber, mit dem Glas in der Hand und den drei Monden über mir – da ist **Exploria** einfach nur die pure Entspannung. Leise tröpfelt die Musik im Hintergrund zum sanften Rauschen des Meeres. Goldbraun schwappt das Licht meines Burgwohnzimmers hinter mir aus den Fenstern auf den Granitstein der Terrasse. Ich nehme den nächsten Schluck. Alkohol zu trinken kostet in **Exploria** ein paar Lebenspunkte.

Je härter er ist, desto mehr Gesundheit verschwindet. Aber die Pose finde ich cool und passend für meine Figur. Und sie geht nur mit diesem Drink, in diesem Licht, mit diesem Glas.

Im echten Leben haut mich Whisky-Cola völlig um. Es gibt das Zeug in unserer Welt in Dosen, total billig und ohne Stil. Einmal nippte ich trotzdem daran. Den nächsten Tag hatte ich Kopfweh, als bohre der Zahnarzt in meinem Gehirn herum.

In meiner Burg bin ich sicher. Ich habe mir sogar einen Innenhof aus Wasser errichtet. Von der Terrasse aus schaue ich nicht direkt auf das offene Meer, sondern auf ein großes Becken.

Hinter mir das Haus, links und rechts die Mauern und geradeaus die Einfahrt.

Sie ist schmal. Und selbst wenn sich Feinde nähern, schlägt auf dem hundert Meter hohen Hauptturm mein **Sentinel** Alarm.

Ein gezähmter **Nachtmahr**, der für mich als Späher arbeitet. Selbst in tiefster Finsternis kann er sehr weit sehen. Er braucht von Natur aus keinen Schlaf. Wer so ein Wesen für sich gewinnen will, muss vierzehn Tage am Stück jede Nacht von zwei Uhr bis fünf Uhr eingeloggt sein und zocken. Nur den Rechner angeschaltet und die Figur tatenlos rumstehen lassen, reicht nicht. Man muss spielen, zur dunklen Stunde, und beweisen, dass man auch in Wirklichkeit ein Nachtwesen ist.

Frau Gneis fragte mich damals, woher ich die tiefen Augenringe hätte. Ich sähe aus wie ein fünfzigjähriger Alkoholiker mit Autoreifen im Gesicht.

Aber es hat sich gelohnt. Zwei Wochen lang nachts spielen bringt sechs Monate Wachdienst durch den **Sentinel**. Mir kann nichts passieren in meiner Festung.

„**Modi**!" Es rauscht in dem kleinen Funkgerät, das ich an der Gürtelschnalle trage. Wenn man vom Nacht-Teufel spricht. Der **Sentinel** meldet sich. Vom hundert Meter hohen Turm hinab kann er schlecht rufen.

Ich drücke die Funktaste. „Was gibt's? Ist dir der Kaffee ausgegangen?"

„Es tut mir leid Herr, das habe ich nicht kommen sehen!"

„Was?“

„Schauen Sie doch aufs Wasser!“

Ich hebe den Blick. Vor Schreck lasse ich das Glas fallen. Es zerschellt auf den Granitfliesen. Das Wasser in meinem Innenbecken sprudelt und brodelt. Ein Kopf mit schwarzen Schuppen und Zacken erscheint.

Der **Sentinel** bläst in sein Horn, um die Wächter auf den vier kleinen Türmen an allen vier Seiten der Burg zu rufen, die ebenfalls nichts gesehen haben. Und wo ist **Samra**? Pennt der noch? Was für unfähige Angestellte! Muss man denn alles selber machen? Meter für Meter erhebt sich ein Wasserdrache aus meinem Privatgewässer hinter massiven Mauern. Seine Augen glühen eisblau, wie die des Nachtkönigs bei **Game of Thrones**. Hektisch krame ich in meinem Inventar nach Waffen. Niemals hätte ich damit gerechnet, dass hier etwas eindringen kann.

Der Drache demonstriert seine Kräfte, indem er Luft holt und mir danach ein Lkw-großes Loch in die östliche Mauer brennt. Das Feuer tost so laut in den Kopfhörern, dass es schmerzt. Fassungslos starre ich auf die Wunde in meiner Festung. Ein paar Ziegel plumpsen nachträglich ins Wasser. Über dem Becken erscheint ein Dialogfenster. Das bedeutet, den Drachen steuert ein menschlicher Spieler.

Dark Ambush. Ich suche nach dem Nutzernamen über dem Satz im Dialogfenster. Bei dem Lenker der Bestie handelt es sich um meinen schlimmsten Feind. Wie zur Hölle hat der sich einen Wasserdrachen gezähmt? Oder kann er sich selber in einen verwandeln?

Meine Wachen von den Seitentürmen stürmen herbei. Hilflos schießen sie ein paar Pfeile auf das Tier. Der Drache faucht. Ich rufe den Angriff zurück. **Dark Ambush** spricht nun, statt zu tippen: „Braver Junge!“ Er hat sich eine tiefe, kratzige Stimme ausgesucht. Wie alter Whisky.

„Wer bist du?“, frage ich. „Was bist du? Scheiße, woher kennst du meinen echten Namen?“

„Meine Augen sind überall. In diesem Spiel hier und in dem Spiel da draußen.“

Ich reibe mir die Augen. Das kann doch nicht wahr sein.

„Morgen um halb zehn auf dem Jungenklo vom Schulhof“, sagt der Drachenlenker, „dann reden wir.“

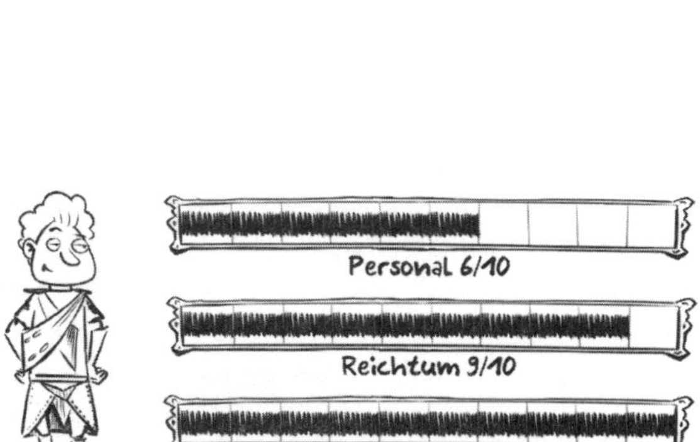

DAS ANGEBOT

#STRAHLKRAFT

Um 9:29 Uhr schleiche ich die Treppen zu den Schulhofklos hinab. Bei den Jungs riecht es, als würde dort jemand jede Nacht Tausend in Fußschweiß getränkte Socken aufhängen. Sie baumeln an der Decke wie Schinken in der Räucherei und werden morgens wieder abgenommen.

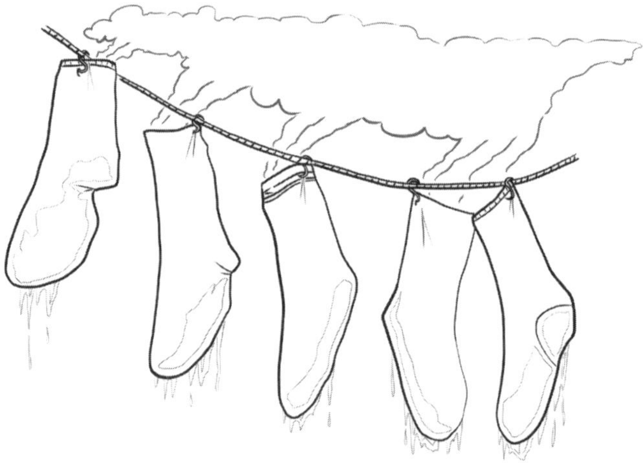

Die Wand ist mit schwarzem Filzstift vollgeschrieben. Seit die Köhlerschüler hier sind, werden die Sprüche versauter. Obwohl die Schrift immer noch wie die von Manuel aussieht.

Ich bin allein. Da ich sowieso hier bin, trete ich an ein Pissoir und ziele auf die Fliege, die knapp über dem Abflussloch abgedruckt ist. Ich treffe sie nie. Neben mir stellt sich jemand an das zweite Becken. Es ist Marek.

Na super. Das Großmaul kann ich jetzt hier gar nicht gebrauchen. Am Ende versaut er mir noch das Treffen mit dem Schüler, der es geschafft hat, als Attentäter zu einem der besten Spieler in **Exploria** zu werden. **Dark Ambush** geht sicher mindestens in die Oberstufe.

„Mit so einem schlaffen Strahl lässt sich aber kein Loch in die Keramik brennen", sagt Marek. Er liest dabei die Sprüche auf den Fliesen, wie eine Zeitung. „Aber wenn man einen feurigen Drachen hat, kriegt man sogar Löcher in meterdicke Burgmauern geballert."

Ich halte den Atem an. Und den Strahl. Letzteren unfreiwillig. Ein paar Tropfen erreichen nur noch den Rand des Beckens und laufen daran hinab auf den Boden.

„Ja“, antwortet Marek, „du hast die Ehre, direkt neben **Dark Ambush** dein kleines Geschäft zu erledigen.“

Erst jetzt lässt Marek es selber laufen ... und ballert einen so harten Strahl in sein Becken, dass die gelbe Suppe in alle Richtungen zurückspritzt. Würde er draußen auf die gleiche Art in einen Vorgarten pinkeln, er könnte damit sämtliche Blumen köpfen.

„Ich habe Respekt vor dir als **Modi**“, sagt Marek. „Den Wassergeist lockt nicht jeder hervor. Um die Muschel zu kriegen braucht es Ausdauer.“

Ich schüttele ab, packe ein und schaue ihn an. Marek sagt: „Ich kann dir das Leben in **Exploria** richtig zur Hölle machen. Was immer du dir aufbaust, ich reiße es wieder ein. Mit **Dark Ambush** im Nacken, kommst du nie unter die zehn Besten.“

Ich fasse es nicht. Wie selbstverständlich er das sagt. Ohne Scham. Ohne einen Hauch von schlechtem Gewissen.

„Wieso machst du das?", frage ich. „Du bist doch richtig gut. Du zähmst Wasserdrachen. Du könntest dir selbst etwas aufbauen, statt bloß immer zu zerstören. Wieso?"

„Weil ich asozial bin. Kein netter Mensch, der sich bloß böse gibt. Bei mir steckt kein weicher Kern in der harten Schale. Ich komme aus dem Viertel, in dem jeder von Natur aus kriminell ist. Ich bin eben Abschaum. Wer hat das noch gleich gesagt? Ein Gesellschaftsprofessor, oder? Ein gewisser Ben Siegert."

Ich schaue zur Seite und schnaufe.

„Du hast das neulich alles mitgehört?"

„Simon und ich standen im Rhododendron. Kleiner Tipp: Nicht über andere lästern, wenn dichtes Gebüsch in der Nähe ist." Marek lacht wie neulich unser Nachbar Heinz, mit Schnaufen. Er schlacht.

„Komm schon“, jammere ich, „das war ...“

Marek hebt die Hand. Seine Augen funkeln. Bis eben war er leise und sarkastisch. Jetzt wird er laut und deutlich. „Sag jetzt bloß nicht, das war nicht so gemeint, du Vorstadtsohn! Das war genau so gemeint!“

Ich presse die Lippen aufeinander. Ein kleiner Junge aus der Fünften betritt das Klo. Er sieht unseren Blick, stoppt, hebt die Hände und schleicht im Rückwärtsgang wieder hinaus.

„Wir sind Abschaum für dich?“, sagt Marek. „Okay. Weißt du, was Abschaum sehr gerne macht? Deals!“

Ich weiß nicht, wo ich hinschauen soll. An der Wand zwischen den Schmierereien klebt ein Sticker der Ultras von **Borussia Dortmund**. Eine Ecke davon steht ab. Ich streiche sie mit dem Daumen glatt.

„Der Deal lautet wie folgt“, sagt Marek. „Du absolvierst eine Schnitzeljagd durch unser Viertel. Eine, die ich mir ausdenke.

Wenn du alle Aufgaben auf dem Weg löst, lasse ich dich nicht bloß in Ruhe, sondern dann arbeiten wir künftig in **Exploria** zusammen. Als Team."

Die Ecke des Aufklebers löst sich wieder von der Wand. Draußen läutet es zum Ende der Pause. Marek sagt: „Wenn **Modi** und **Dark Ambush** ihre Fähigkeiten kombinieren, kann uns nichts mehr aufhalten. Alleine erreichst du die Top Ten der besten Spieler niemals, weil ich es immer verhindern werde. Ich komme dann auch nicht da rein, aber das ist es mir wert."

Ich denke an das Köhlerviertel. Rapsongs handeln von solchen Gegenden. Lieder von Schüssen, Schlägen und Stichwunden. Ebenso gut könnte ich mich freiwillig vom Wassergeist einsaugen lassen und durch die Finsternis in seinem Inneren tapsen.

„Das ist kein Deal“, antworte ich, „sondern eine Falle. Eine Schnitzeljagd in eurem Viertel? Nach deinen Regeln? Am Ende liege ich da irgendwo rum, zusammengeschlagen und mit gezogenen Fingernägeln.“

Marek sieht mich mit einem Blick an, den ich schwer einordnen kann. Ein bisschen wie ein Gangster, der einen Feigling betrachtet, klar. Aber auch ein bisschen wie Otto aus dem **Grabbelgarten**, wenn man ihm ein paar alte Bücher für viel zu viel Geld anbietet. Oder wie ein Arzt, dem man erzählt, man habe gestern selber nach seiner Krankheit gegoogelt.

Ich lasse ihn stehen und renne aus dem Klo hinauf ins Licht. Wobei mit Licht nicht mehr viel ist. Ein feiner Nieselregen hat eingesetzt. Emma und Fadi stehen unter dem Vordach der Turnhalle.

Ich erzähle von der Begegnung im Klo. Emma ist noch beleidigt, weil ich sie beide neulich so angeblafft habe. Sie beantwortet Nachrichten auf dem Telefon, während ich rede. Fadi hört zu, weil Jungs jedes Blaffen schnell vergessen. Er antwortet sogar. Und zwar wie! Ich glaube, ich höre nicht richtig.

„Ich weiß, du spielst wie ein Weltmeister **FIFA** und verfolgst trotzdem kaum den echten Fußball, aber Bayern und Dortmund kennst du ja wohl, oder?“

Ich denke an den Sticker auf dem Klo und nicke halbherzig.

Marek und du, ihr seid wie **München** und der **BVB**. Such dir aus, wer von euch wer ist. Spielt ihr gegeneinander, kann der eine immer mal die Meisterschaft des anderen verhindern. Aber jetzt stell dir vor, was möglich wäre, würde man diese beiden Teams kombinieren. Niemand in der gesamten Fußballwelt könnte diese Mannschaft aufhalten.“

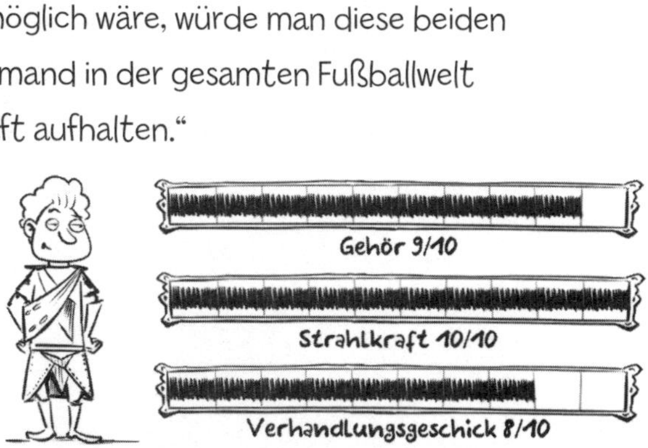

DER FISSELIGE FARN

#SHARPEYE

Ich streife durch den Dschungel nahe des Sumpfes mit den spiralförmigen Bäumen. Aus der Ferne höre ich die **Blaustürze**, wie sie in den Kronen das Springen üben.

Es raschelt. Zweige knacken. Die Jungen fiepen aufgeregt. Bis heute erinnere ich mich daran, wie ich sie das erste Mal gesehen habe. Ihren Sprung vom Baum nach der Kindheit, der über ihr weiteres Leben entscheidet. Oder über ihren Tod. Entweder sie fliegen, oder der **Sumpfschnapper** erscheint mit seinen fauligen Zähnen und verspeist sie in einem Happs.

Für die Kamikaze-Tiere kann ich nichts tun. Ich bin auf anderer

Mission. Eine Aufgabe aus der Kategorie **Sharp Eye.** Eine weitere Neuerung in **Exploria**. Wo uns **Real Move** in Bewegung bringt, trainiert **Sharp Eye** die Beobachtungsgabe. Aber wie!

Rechts oben im Bild zeigt mir das Spiel, was ich finden soll. Es handelt sich um eine Pflanze, den **fisseligen Farn**. Also ein sehr feines, dünnes und zerrupftes Exemplar. Im wilden Wald kann man das ungefähr so schwer erkennen wie einen speziellen Grashalm in Papas Wiese.

Das ist gerade das Besondere an **Sharp Eye**. Es funktioniert nicht wie ein klassisches Puzzle, wo man etwas verschieben oder freilegen muss. Aber auch nicht wie ein Wimmelbild, auf dem tausend verschiedene Sachen zu sehen sind. Es geht tatsächlich darum, so genau hinzusehen, dass man in einen seltsamen Zustand kommt. Wie ein Mönch. Oder ein Soldat. Ein Mönchssoldat, mit Kutte und Zielfernrohr.

Die volle Konzentration. Die größtmögliche Herausforderung für die Wachsamkeit. Man soll nicht die Nadel, sondern das Katzenhaar im Heuhaufen finden.

Vor mir liegt ein umgestürzter Baum. Seine Wurzel ragt modrig in die Höhe. Pilze wachsen heraus. Als hätten sich winzige Gnome weiße Balkone ohne Geländer gebaut. Die Sonne glitzert goldgrün durch das Blätterdach. Ich hüpfe über den Stamm und erhalte Extrapunkte. Der Sprung war ein **Real Move**. Springen muss man noch viel öfter als Boxen oder **High Kicks** verteilen, also habe ich im Garten alle möglichen Sprungweisen gefilmt. Japsend bin ich über leere, gestapelte Getränkekisten gehopst. Immer höher, in allen Varianten.

Es war anstrengend wie die Hölle. Mein Kopf glühte auch so, als hätte ihn jemand in die Flammen des Teufels gesteckt.

Allerdings hat es sich gelohnt. Zum einen, weil mir jetzt jeder Sprung mehr Erfahrungspunkte bringt. Zum anderen, weil ich das erste Mal Respekt von Heinz erhalten habe.

Er stand wieder lautlos am Zaun und hatte wohl schon eine Weile zugesehen.

Da Erwachsene selten genau das tun, was sie sagen, hat er seinen Hut aufgelassen, aber immerhin. Nicht, dass mir das wichtig wäre.

Der umgestürzte Baum liegt hinter mir. Ich halte an und schaue mich um. Gestrüpp, Büsche, Bäume, Ranken. Wo in echt Brombeeren wachsen würden, kleben hier gelbliche Früchte. Drei riesige Farne wachsen an einer Stelle. Auf den breiten, hellgrünen Wedeln klettern rot glänzende Käfer herum. Nichts mit fisselig: Diese Pflanzen stehen in voller Pracht. Ihr struppiger, kleiner Bruder könnte überall wachsen. Tief im Unterholz. Am Ufer des Sumpfes. Oder vielleicht dort, hinter der nächsten Böschung.

Ich schleiche um den grünen Hügel herum, als ich eine vertraute Stimme höre. Emma. Sie spricht ihre Figur **Gaia Girl** ohne einen Filter. Schnell will ich zu ihr laufen, doch ich begreife: Selbstgespräche wird sie wohl nicht führen. Und in der Tat. Neben ihr schlendert ein Nachtelf durch das Gestrüpp. Seine dämmerblaue Haut wirkt wie altes Leder, doch sein Gesicht ist jung. Ich gehe in die Hocke und lausche.

„Neulich habe ich im **Grabbelgarten** eine alte Spieluhr gefunden", sagt der Nachtelf.

„Die Dinger mag ich", antwortet Emma. Ihr grünes Haar glitzert.

„Mit so einer Tänzerin drauf, die sich dreht", sagt der Elf. „Findest du das peinlich, dass ich auf so einen Kitsch stehe?"

„Peinlich wäre nur, es zu verheimlichen“, sagt Emma. „Ich find’s cool, dass du es zugibst.“

Grabbelgarten? Alter Trödel? Kitschige Spieluhren? Welcher Trottel aus der Schule begeistert sich dafür? Ist das etwa Simon? „Marek erzählst du das aber nicht“, sagt der dunkle Elf und gibt somit die Antwort.

Emma spaziert also als **Gaia Girl** durch die Spiralwälder und trifft sich dabei mit Simon. Ich richte mich auf und nehme vorsichtig Pfeil und Bogen zur Hand. Nicht, um den Idioten abzuschießen, sondern weil das Spiel seinen Namen als Figur anzeigt, wenn ich ihn ins Visier nehme.

Der Dulli nennt sich **Weaper**. Mein Finger schwebt über der Taste, mit der ich den Bogen spanne.

„Was ist das mit dir und Marek?“, fragt Emma.

„Wo ist bloß dieser fisselige Farn?“, lenkt Simon ab.

Aha. Die suchen das Ding also auch. Simon steht immer noch im Visier. Ich schwenke von ihm weg, da erspäht mein Blick den fisseligen Farn. Das geht so schnell und unerwartet, mein Blick ist wirklich schneller als mein Bewusstsein. Doch so läuft das bei **Sharp Eye**. Wer zu hektisch sucht, hat keine Chance, und wer zu sehr in die Umgebung starrt, der sieht im wahrsten Sinne des Sprichworts „den Wald vor lauter Bäumen nicht“. Man braucht einen Zustand dazwischen, in dem man genau hinsieht und gleichzeitig ein bisschen abwesend ist.

Ich grinse, denn ich weiß, was ich jetzt mache. Jetzt breche ich aus dem Gebüsch, schlendere ganz lässig zwischen den beiden hindurch, sage „Guten Abend, allerseits“ und pflücke den Farn vor ihren Augen, als wäre es nichts.

So mache ich das. Dann kann Emma mal sehen, mit was für einer Pfeife sie da unterwegs ist. Einem Jungen, der direkt vor dem **fisseligen Farn** steht und ihn nicht bemerkt, weil er an Spieluhren aus dem **Grabbelgarten** denkt, auf denen sich Tänzerinnen aus Keramik drehen.

Ich springe auf, laufe los ... und sehe mit einem Mal den Farn nicht mehr, weil die Hand meiner Mutter vor dem Monitor herumwedelt.

„Erde an Ben, Erde an Ben", ruft sie. Ich beuge mich über den Schreibtisch und kneife die Augen zusammen. „Das kann doch nicht sein!", rufe ich. „Jetzt finde ich ihn nicht mehr!"

Gaia Girl und ihr beknackter Elf drehen sich um. Ich springe ins Gebüsch. Renne ein Stück. Logge mich aus.

Meine Mutter sieht mich an, als wäre ich ein Fall für die Klapse.

„Unten wartet reales Essen in der realen Welt", sagt sie. „Und das da, das kann so nicht weitergehen."

„Ich war kurz davor, den **fisseligen Farn** zu finden", klage ich.

„Dann geh mit Papa in den Garten, arbeiten. Im Vorgarten wächst jede Menge **fisseliger Farn**."

„Argh!" Ich werfe die Arme nach oben.

„Die virtuelle Welt macht den Geist und die Seele kaputt", sagt meine Mutter. „Ihr jungen Leute verbringt viel zu viel Zeit darin. Das führt zu einer gestörten Entwicklung."

In meinen Haussocken mit Gumminoppen stapfe ich die Stufen hinab. Im Treppenhaus hängen viele alte Familienfotos aus den Ferien. Auf den meisten bin ich noch winzig und handhabbar. In der Küche schwenkt mein Vater Pilze in der großen Pfanne. In der kleinen brutzeln ein paar Schnitzel. Aus dem Topf räkeln sich Dampfschwaden in die Luft. Sie duften nach Reis.

„Dauert noch ein paar Minuten", ruft mein Vater. Er trägt eine Kochschürze mit einem Ladebalken darauf. Als Programmierer hat er halt seinen ganz eigenen Humor.

Im Wohnzimmer läuft der Fernseher. Meine Mutter sagt: „Dann schaue ich eben, was in der Welt passiert ist." Sie sieht mich an und fügt hinzu: „In der echten Welt."

Ich gehe ihr nach. Jeeps rollen durch die Wüste. Männer recken Gewehre in die Luft. Ärzte in Kitteln legen verzweifelt den Kopf in die Hände. Bilder von Ruinen. Börsenkurse fallen. Danach sterben die Pinguine. Ein Mann wird zu einem Gerichtsgebäude geführt. Seine Begleiter verbergen ihn hinter einem Tuch. Eisbären rufen auf schmelzenden Schollen nach Hilfe. Bäume kippen um. Ein Sprecher schaut uns an wie ein Priester, der sagt: „Es ist eure Schuld."

Meine Mutter steht vor diesen Bildern, fasziniert. Alle paar Sekunden wechselt sie das Standbein. Schüttelt den Kopf. Kratzt sich am Kinn. Dann geht es um Sport. Irgendeine junge deutsche Frau mit langem Zopf hat ein Tennisturnier gewonnen. Mein Vater steckt den Kopf durch die Wohnzimmertür.

„Ja, da guckt er, wenn sein Liebling kommt“, sagt meine Mutter. Es klingt nur halb wie im Spaß. Aus der Küche kommt ein stechender Geruch.

Er rennt zurück. Nun zischt es. Qualm schießt in den Flur.

Ich sage zu meiner Mutter: „Die reale Welt macht den Geist und die Seele kaputt. Ihr alten Leute verbringt viel zu viel Zeit darin. Das führt zu einer gestörten Entwicklung.“

In der Küche flucht mein Vater. Pfannen klappern. Auf meinem Telefon kommt eine Nachricht rein: „Habe den **fisseligen Farn** gefunden. Stell dir vor, wir würden als Team spielen. Dann hättest du jetzt auch was davon."

Marek. Woher hat er meine Nummer?

Ich sage: „Ihr kriegt das schon in den Griff."

Meine Mutter schnauft und eilt zu Papa in die Küche. Sie schimpft: „Das ganze Essen verbrannt wegen einem blonden Zopf. Soll ich mir einen Zopf wachsen lassen und ein Tennisröckchen anziehen?"

Ich gehe rauf, entsperre den Rechner und schaue mir die Bestenliste der Spieler an.

Dark Ambush ist in die Top 15 geklettert. Mareks Angebot aus dem Schulklo steht noch. Ich schreibe ihm eine Nachricht zurück.

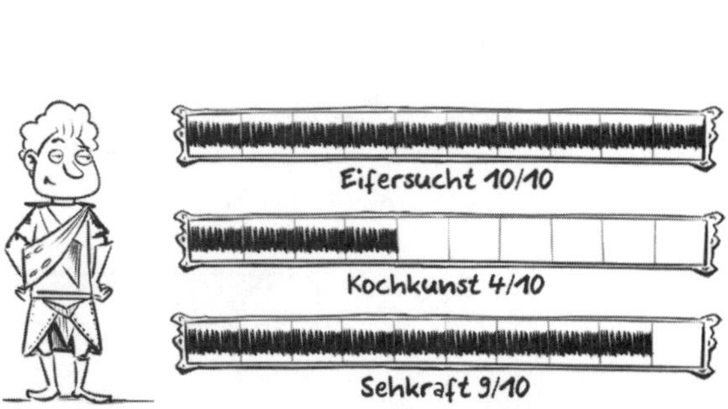

DER ÜBERGANG
#GHETTOJUNGE

Am Samstagmorgen fahre ich zum Köhlerviertel. Die Kette meines Fahrrads klappert ein wenig. Meine Gedanken klappern auch. Mache ich das gerade wirklich? Lasse ich mich ernsthaft auf die Mission von Marek ein? Es fühlt sich an, als würde ich mit jedem Tritt in die falsche Richtung fahren.

Ins Köhlerviertel. Allein. Ohne Ahnung. Ohne Waffen. Es fühlt sich so falsch an. So, als würde ich per Anhalter nach Bulgarien fahren, mich dort weit draußen aussetzen lassen, mich mitten in ein gigantisches Maisfeld setzen und hoffen, dass mich zwischen den hohen Halmen jemand findet.

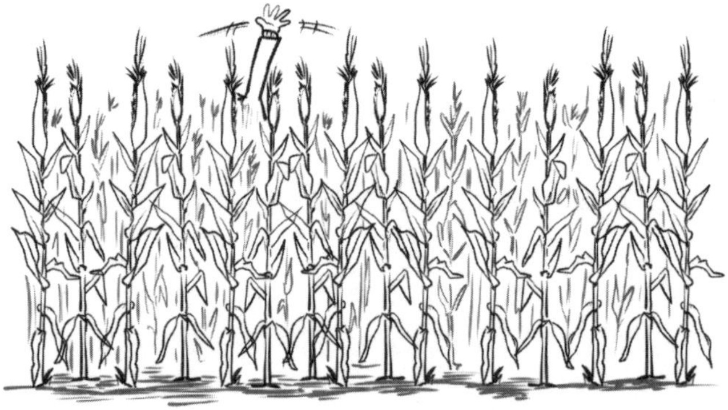

So falsch fühlt sich das an. Denn es ist ja klar – der Erste und Letzte, der mich im bulgarischen Mais fände, wäre der Mähdrescher. Und was dem Mais seine Drescher, sind dem Köhlerviertel seine Gangster. Die Kriminellen, die an jeder Ecke auf einen warten. Die Mafialeute, die ihren Feinden die Nägel ziehen.

Die vergangene Nacht habe ich von der Gegend geträumt. Und von allen Stadtvierteln, die so sind. Die kommen ja auch in den Nachrichten vor, die meine Mutter so faszinieren. Sie sind immer von **Blaulicht** durchzuckt, diese Viertel. Polizisten machen Razzia. Finstere Männer fluchen. Es bilden sich Rudel, wie beim Fußball, wenn alle aufeinander losgehen und man denkt: Da steht bald keiner mehr.

Im Traum haben sich die Straßenschluchten mit **Exploria** vermischt. Und mit **Herr der Ringe**. Schwere Hämmer schlugen klingend auf Ambosse ein. In **Mordor** schmiedeten sie Schwerter. Marek überwachte die Schinderei auf seinem schwarz tropfenden Seedrachen.

Um neun stehe ich vor der Unterführung. Dem Übergang in die andere Welt. Auf der Mauer sind ein paar **Graffiti-Tags** neu hinzugekommen. Ich merke mir so was. Einer hat mehrere Kürzel von anderen durchkreuzt. Das bedeutet sicher Krieg. Aus der Ritze zwischen Gehweg und Mauer stinkt es wie aus den Pissbecken im Schulhofklo. Der Geruch kriecht in mich hinein und piekst einen Angelhaken in die Magenwand. Da stehe ich also vor dem Tunnel. Ben aus dem Viertel der Harmlosen. Ein leichtes Opfer.

Jetzt bin ich schon zum zweiten Mal irgendwo pünktlich, bloß weil Marek das so möchte. Doch es taucht niemand auf. Ein paar Autos rauschen vorüber. Aus einem schallt **Hip-Hop** mit lauten Bässen und noch lauteren Worten. Der Rapper flucht und spuckt die Worte aus wie Faustschläge.

Im Fahrwasser der Flüche kommen Fadi und Emma herbeigefahren. Ich traue meinen Augen nicht.

„Was macht ihr denn hier?"

„Wir begleiten dich bei deiner Schnitzeljagd."

Sie ketten ihre Räder an ein Verkehrsschild. Als ob das reichen würde. Am Ende bleibt davon nur der Rahmen übrig.

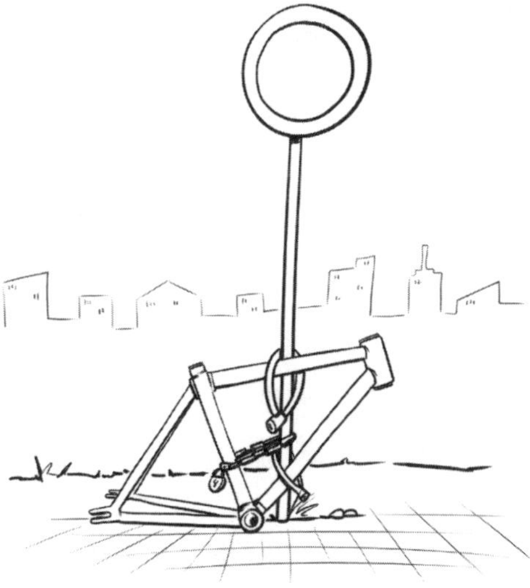

Emma sagt: „Aber denk mal nicht, wir machen das nur aus Freundlichkeit, nachdem du uns neulich so angeblasen hast."

Sie zieht den Schlüssel ab und steckt ihn in ihre Jeanstasche. Ihre Fingernägel sind erneut im gleichen Glitzergün lackiert wie das Haar von **Gaia Girl** im Spiel. Sie sagt: „Fadi hofft, ein paar Bilder von dem verlassenen Supermarkt zu erhaschen. Und ich möchte mal sehen, wie die Jungs da wirklich leben."

Die Jungs, denke ich. Sag doch gleich Simon. Aber ich spreche es nicht aus. Stattdessen frage ich: „Woher wisst ihr denn hiervon? Also von Ort und Zeit?“

„Marek hat's Simon erzählt und Simon mir“, gibt Emma freimütig zu. Ich sehe den dunklen Elfen neben ihr durch den Wald schlendern. Jetzt zieht der Angelhaken in meinem Magen auch ohne den Pissgeruch.

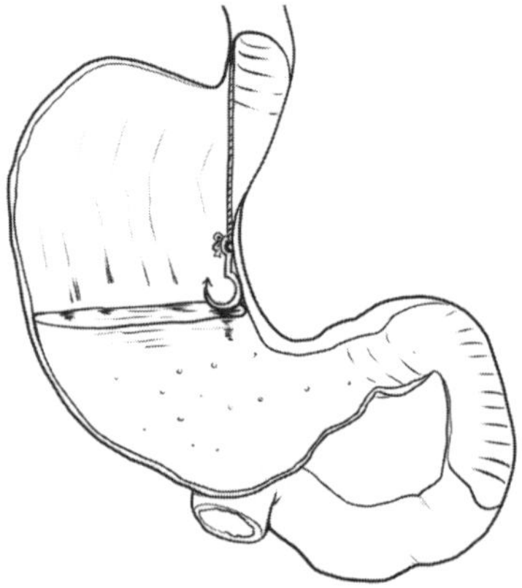

„Wir wissen doch gar nicht, ob das erlaubt ist. Ob ich diese Mission mit einer **Party** antreten darf.“

„Für eine **Party** hätte ich sowieso keine passenden Getränke dabei“, meint Fadi.

Emma lacht: „Eine **Party** nennt man im Spiel die Gruppe der Figuren, die gemeinsam ihr Abenteuer erlebt.“

„Ach so!“ Fadi hebt die Arme.

In der Unterführung erscheint ein Typ, der mir bekannt vorkommt.

Birnenförmiger Körper, Riesenkinn, Zahnlücke, ärmelloses T-Shirt. Er trinkt einen Energy-Drink in einem Zug aus und wirft die leere Dose auf die Straße.

Dann stellt er sich vor uns und schaut uns an wie ein Jäger, der gleich drei Kaninchen auf einmal vor der Flinte hat. Ein Jäger, der sich denkt: Na ja, so richtig lohnen sich meine Kugeln für keines. Die sind allenfalls Vorspeisen.

Er fragt: „Wer von euch ist Ben?"

Ich hebe zitternd die Hand.

Der Jäger mustert Fadi und Emma: „Und wer seid ihr?"

Fadi sagt: „Wir sind die **Party**!"

Ich senke den Kopf und reibe mir die Stirn. Womöglich hätte ich einfach im Bett bleiben sollen. So ungefähr seit der sechsten Klasse.

Der mit der Zahnlücke zieht eine neue Dose aus der einen und sein Handy aus der anderen Hosentasche. Er öffnet den Drink. Schlagartig riecht die ganze Luft nach Kaugummi. „**Party**, was? Das muss ich erst mal abfragen."

Mit dem Daumen wählt er eine Nummer. Als er das Telefon ans Ohr führt, drückt er den Rücken durch. Er macht ein paar Schritte zurück in den Tunnel des Unglücks.

„Na, herzlichen Glückwunsch", zische ich meinen Freunden zu. „Jetzt muss er das erst mal abfragen!"

Nach ein paar Sätzen kommt der Typ zurück und sagt: „Der Spielleiter ist nicht amüsiert. Aber er erlaubt es."

Ich atme erleichtert aus.

Er hält uns die Hand hin. Wir schütteln sie. Die Haut fühlt sich kalt und feucht an. Wie ein nasser Furz im Winter. Borke reicht mir ein Tablet. Es ist alt und abgegriffen wie ein benutztes

Skateboard. „Logge dich in **Exploria** ein. Ich schicke dir die Koordinaten."

Ich nehme das Gerät. Auf dem Handy kann man **Exploria** nicht spielen. Das wird auch so bleiben, aber wie man hört, entwickeln sie trotzdem eine App zum Spiel. Was das wohl bedeutet? Borke sendet mir einen Standort im Spiel. Emma fragt: „Darf ich mich auch einloggen?"

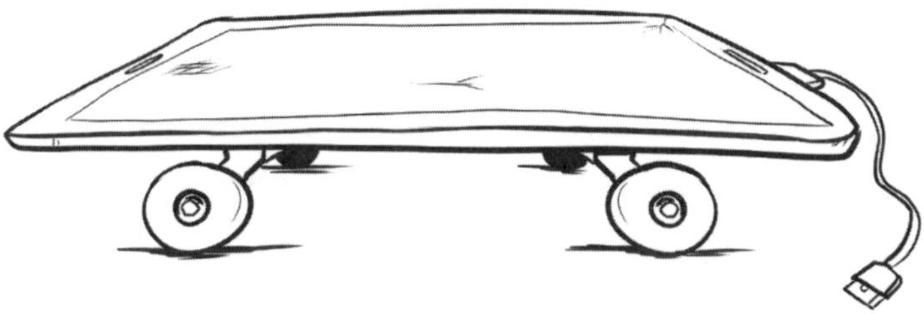

Borke seufzt. Er zieht ein zweites Tablet aus der Tasche.

„Wusstest du doch, dass die beiden kommen?", frage ich.

Borke schüttelt den Kopf: „Das ist Mareks, das ist meins."

„Es herrscht eine hohe Tablet-Dichte in der Gegend", bemerkt Fadi.

Borke sagt: „Für dich habe ich keins."

„Habe sowieso keinen Account", sagt Fadi. Borke zieht die Brauen hoch. Als wollte er sagen: Ich kann verstehen, wenn einer sich nicht für Fußball interessiert oder für Wrestling oder für den neuesten Beef zwischen irgendwelchen Rappern. Aber zu wissen, dass es Exploria gibt und dann keinen Account haben?

Emma loggt sich ein. Unsere beiden Figuren erscheinen in der Welt der wilden Wälder und wirren Wesen.

Die Musik pluckert entspannt vor sich hin. Sanfte Rhythmen, durchsetzt mit ein paar Klängen wie von knackenden Ästen.

„Ich laufe nicht vor, sondern nur hinterher", erklärt Borke. „Den Weg müsst ihr schon selbst finden. Marek hat die Ziele vorgegeben. Und die Aufgaben auch."

„Wie?", fragt Fadi. „Wir stehen jetzt hier doof auf der Straße herum und spielen? Ich dachte, wir gehen ins Viertel. Wenn ich keine Chance habe, den verlorenen Supermarkt zu sehen ..."

„Machen wir auch", erkläre ich ihm. „Wir suchen im Spiel die Zielorte auf und finden so in echt den Weg durch das Viertel." Ich schaue Borke an. „Richtig?"

Er nickt. „Ihr müsst fünf Ziele ansteuern. An jedem Ziel verbirgt sich irgendwo ein Buchstabe von Mareks Namen."

„Also hier, in der echten Welt?", vergewissere ich mich.

„Ja."

Ich erschauere innerlich. Die echte Welt. Das Viertel, das wir noch nie betreten haben. Mein Maisfeld in Bulgarien.

Wir erreichen den Versammlungspunkt. Es ist **Bardun**. Die alte Wüstenstadt, in der ich neulich den Kartoffeldieb besiegt habe. Borke kommt hinzu. Nun verstehen wir auch, wieso er so heißt. Seine Spielfigur ist ein **Woodman**. Eine seltene Mischung aus Mensch und Baum. Die Augen leuchten gelb in der dunklen Rinde. Er nennt sich **Round Oak**, also runde Eiche.

Humor hat er. Wir stehen dort vor einem alten Torbogen.

„Siehst du?“, fragt Emma. Sie zeigt Fadi die Kulisse auf dem Tablet. „Torbogen gleich Unterführung. Kapiert?“

„Du hast grüne Haare“, sagt Fadi.

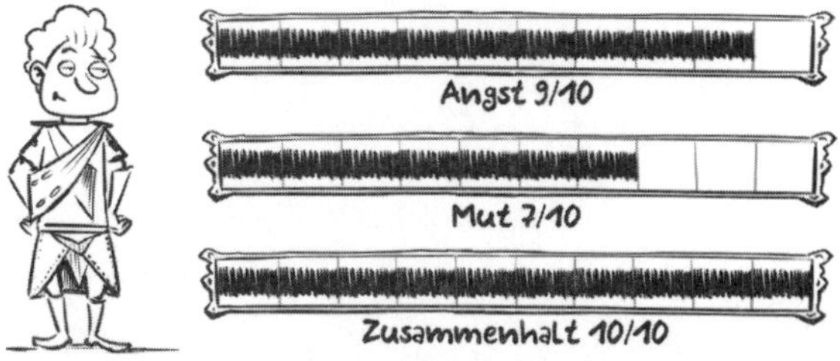

DER SCHUSS

#ABINSKOEHLERVIERTEL

Auf dem Bildschirm erscheint die erste Zielangabe. Sie schwebt als Markierung am Himmel und weist uns wie ein Kompasspfeil in der Karte rechts unten die Richtung. Im Spiel blöken ein paar Schafe. In der Wirklichkeit bellt jenseits der Unterführung ein Hund.

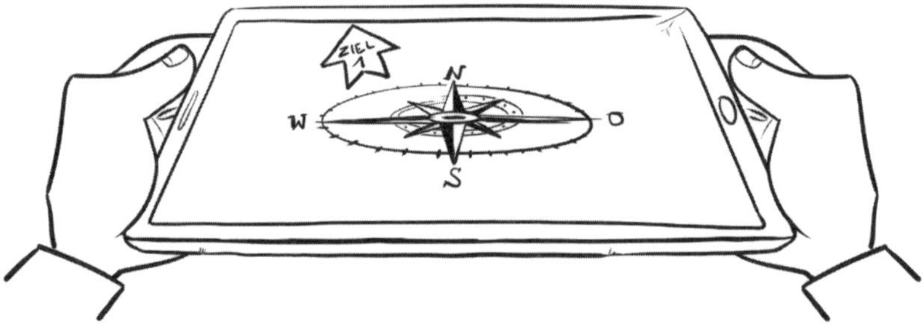

„Seid ihr bereit?“, fragt Borke.

Fadi presst die Lippen aufeinander. Ich schlucke schwer. Nur Emma wirkt seltsam sorglos.

Borke grinst: „Dann ab ins Köhlerviertel!“

Wir gehen durch die Unterführung, diese stinkende Angströhre. Borkes Hose hängt tief an seiner breiten Hüfte. Er wirft die nächste leere Dose auf den Asphalt. Da fällt mir ein, wieso er mir bekannt vorkommt. Als wir das letzte Mal hier waren, haben wir ihn gesehen.

Mit einem Kumpel kam er damals aus der Röhre und sprach von einem Typen, der von anderen „wie ein Hund geschlagen wurde", sodass „der Notarzt kommen" musste. Ich sehe es wieder vor mir.

Damals haben sich die beiden in meiner Fantasie noch in Echsen mit Dolchen verwandelt, und die Graffitis an der Wand wurden zu zornigen Schlingpflanzen. Diese Phase habe ich hinter mir. Heute sehe ich die Wirklichkeit. Aber die ist ja nicht besser. Sie ist brutal. Eine Welt, in der einem ganz schnell die Knochen gebrochen werden können, wenn man etwas Falsches sagt. Oder jemandem keinen **Respekt** erweist. Wie sie in dieser Gegend denken, höre ich jeden Tag als Rap aus den Handys der neuen Mitschüler, mit Beats und in Reimen. Diese Lieder können nicht alle nur im Spaß gemeint sein.

Ich fröstele, obwohl wir Sommer haben. Was machen wir hier bloß? In welche Lage begeben wir uns? Wie viele Menschen hat Borke wohl schon verprügelt? Wie normal wird das für ihn sein? Die Unterführung endet, und das Köhlerviertel beginnt. Schon das Licht ist anders. Die Gerüche. Die Geräusche. Links von uns erhebt sich eine Häuserzeile. Alte Gebäude, die aussehen, als hätten sie schon zur Kaiserzeit hier gestanden. Im Erdgeschoss sehe ich einen **Backshop** mit Selbstbedienung und ein Sonnenstudio.

Ich zucke zusammen. Ein dunkelhaariger Mann stürmt aus dem Sonnenstudio auf Borke zu. Er beschimpft ihn offenbar. Die Worte kommen tief aus seinem Inneren, sie haben viel Bass, wie ein grollender Subwoofer.

Ich verstehe sie nicht, doch ich weiß, dass dies ein Feind unseres Reiseleiters sein muss. So wie der stürmt und brüllt.

Borke dreht sich um und macht sich allen Ernstes kampfbereit. Ein Fuß nach vorn, den anderen stabil nach hinten.

Mein Herz rast. Was sollen wir bloß tun, wenn die gleich anfangen? Dazwischengehen? Aber wie? Ich habe mich noch nie geprügelt! Ich weiß nicht, wie sich das anfühlt, wenn Lippen aufplatzen.

Über dem Auge oder unten am Kinn. Bricht dann das Jochbein? Der Kiefer? Muss alles mit Drähten vernäht werden, so dass man monatelang nicht sprechen kann? So dass man so ein seltsames Teil um den Kopf trägt? Als wäre man ein Haus, das sie mit einem Gerüst umstellt haben, für die Maler und Fensterbauer? Wieso habe ich mich bloß darauf eingelassen? Alles nur für ein paar Vorteile in diesem Spiel? Und mein Gott, ja, ich muss Emma beschützen!

Ich stelle mich vor sie. Bereit, alle Schläge in mich aufzunehmen. Immerhin käme sie mich besuchen, wenn ich mit Gips und Kieferdrähten im Krankenhaus liege. Sie würde mir den Strohhalm zum Mund führen, aus dem ich warme Suppe trinke. Karottensuppe, womöglich. Oder einfach nur heiße Brühe.

Ich hätte ein Gemeinschaftszimmer mit einem Rentner, der immer Volksmusiksendungen gucken will und nach Rasierwasser riecht. Das wäre mein Schicksal. Aber immerhin – Emma würde weniger an Simon denken, wenn ich in Gips läge.

„Sabaah an-nuur!"

Borke bellt den Mann an. Der hebt die Fäuste. Borke geht etwas in die Knie, wie ein tänzelnder Boxer. Der andere macht ein paar Hiebe in die Luft. Borke lacht und tut so, als würde er ausweichen müssen.

Moment mal, er **tut** so? Fadi lacht. Emma untersucht die Kulisse auf ihrem Tablet. Der fremde Mann hört mit dem Boxen auf und breitet die Arme aus. Küsschen links, Küsschen rechts. Borke und er umarmen sich.

Der Mann aus dem Sonnenstudio zeigt auf uns, als hätte Borke drei lustige kleine Zwergpinscher dabei. Unser Reiseleiter erklärt ihm offenbar, wer wir sind. Und ich verstehe kein Wort.

Fadi lacht: „Weil der Typ so laut geworden ist?"

Ich lege den Kopf schief und ziehe die Mundwinkel nach hinten.

Fadi sagt: „Arabisch kommt aus der Kehle. Das klingt immer laut. So wie Chinesisch immer niedlich und piepsig klingt."

Oder Russisch hart und ernst. Oder Schweizerdeutsch so witzig, als wäre das ganze Leben eine putzige Comedy-Serie.

Borke und der Sonnenbankbetreiber verabschieden sich. Emma blickt vom Tablet auf und zeigt auf das Ende der Häuserzeile.

„Guckt mal, seht ihr das?“ Sie zeigt auf die Gasse in **Exploria** und die Straße vor unserer Nase. Wo im Spiel die Wüstenhäuser enden und man links einbiegen kann, ist es hier in der Wirklichkeit genauso.

„Das hat Marek sich gut ausgedacht“, sagt Emma.

Fadi tippt auf das Glas. Die Tablets sind recht zerkratzt, aber sensationell entspiegelt.

„Unser Ziel liegt im Nordwesten“, sagt er. Fadi ist richtig gut in Himmelsrichtungen. Ich muss immer lange überlegen.

Wir gehen die paar Schritte bis zum Ende der Häuserzeile und biegen ab. Die Karte dreht sich. Der Kompass zeigt wieder gerade auf unser erstes Ziel.

„Da begreift jemand schnell“, sagt Borke. Sein Waldläufer

knistert im Spiel hinter uns her. Mit jedem Schritt verliert er etwas Rinde. Raschelnd rieselt sie auf den Boden, während bei jedem meiner Schritte das Schwert leise klappert.

Die neue Straße wirkt noch wilder als die alte. Im Spiel wie in echt.

Bei **Exploria** verkaufen die Händler in der Gasse prustende Maultiere. Lebendige Hühner flattern in Käfigen. Ein Obsthändler preist lautstark Früchte an. Seinen Stand passieren wir gerade sogar tatsächlich. Meterlang haben er und seine Leute die Kisten mit den Äpfeln, Birnen, Pflaumen, Datteln und riesigen Kochbananen vor dem eigentlichen Geschäft ausgebreitet. Ein türkischer Supermarkt, man könnte auch einfach reingehen. Aber das Frischzeug steht draußen.

Einmal hat eine Computerfigur versucht, gefangene Blaustürze zu verkaufen. Die **siebte Garde** hat ihn verhaftet, denn diese Tierchen sind geschützt.

„Junger Mann, frische **Kaki**, nur 29 Cent!"

Der Händler hält mir die orange Frucht vor die Nase. Diese Dinger habe ich noch nie gemocht. Entweder sind sie hart und innen so bitter, dass es einem das Gesicht zusammenzieht. Oder sie sind weich, süß und so matschig, dass man sich beim Aufbeißen alles versaut.

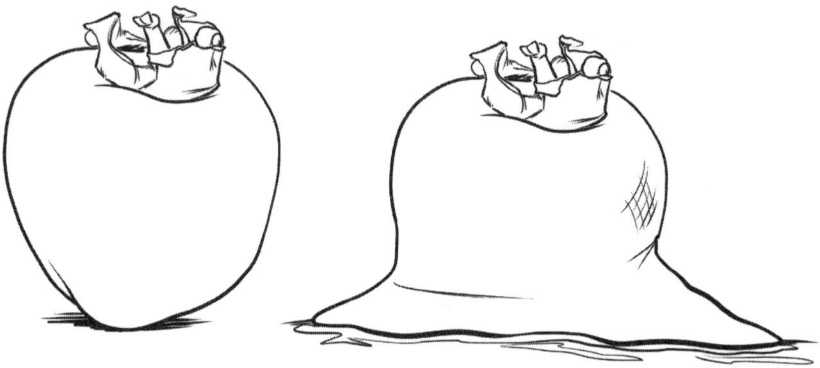

Ich sage nicht „Nein", sondern reagiere gar nicht. Wie bei Schnorrern. Dabei schnorrt er ja gar nicht, sondern bietet mir was an. Borke wechselt ein paar Worte mit dem Händler. Der wird schon wieder laut.

Sicher habe ich seine Ehre verletzt. Ein Laden wie seiner, mit Auslage vor der Tür, war neulich im Fernsehen. Eine Spezialeinheit hat dort eine Razzia gemacht und fluchende Männer herausgezerrt. Es stellte sich heraus, dass der Gemüseladen nur eine Tarnung für Waffenhandel war.

Ein lauter Knall ertönt. Ich stürze mich in einen Hauseingang.

Jetzt wird geschossen! Fast muss ich mich übergeben vor Schreck. Emma und Fadi haben auch gezuckt, sind aber nicht direkt vom Gehweg gesprungen.

Die Haustür öffnet sich. Ich schaue auf die Knie eines Rentners.

Die graue Hose flattert weit an seinen Beinen, aber eine Falte ist strichgerade hineingebügelt.

„Jutta", ruft er zurück ins Haus. „Hier sitzt wieder einer im Eingang."

Borke kommt hinzu und zieht mich hoch. Zu dem alten Mann sagt er: „Der gehört zu mir."

Er schiebt mich auf die Straße zurück. Ins Schussfeld.

„Was ist denn los mit dir?"

Ich schaue mich um und stottere: „Na ja. Gerade eben. Der Schuss."

„Was für ein Schuss? Du meinst die Tür vom Lieferwagen?"

Am Ende der Gemüseauslage steht ein schmutzig weißer Transporter. Ein junger Mann verlädt Kisten, wirft eine Sackkarre hinterher und schiebt die Tür wieder zu.

„Rumms!"

Fadi und Emma sehen mich fragend an. Borke schüttelt den Kopf. Ich sage: „Ich dachte ... von wegen Schießerei und so, da war doch neulich dieser Fall mit den Waffenhändlern, die einen Gemüseladen hatten."

„Wo?", fragt Emma.

„Im Fernsehen", sage ich. „In den Nachrichten."

Auf dem Tablet schnauft ein Kamel in **Bardun**, der Wüstenstadt. Hier röchelt ein Moped die Straße entlang.

Fadi schnippt mit den Fingern: „Ich weiß, was du meinst! Die Gemüsehändler, die eigentlich Gewehre verticken. Das habe ich auch gesehen. Das war voll krass!"

„Seht ihr!“, sage ich erleichtert.

Ich habe also doch nicht übertrieben.

Fadi sagt: „Fernsehen ja, Nachrichten nein. Das kam bei **Blocks Under The Skyline** vor. Dieser neuen Serie über kriminelle Clans in Frankfurt.“

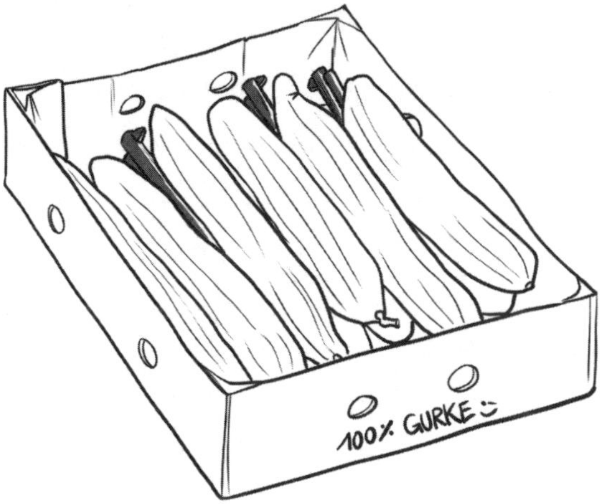

„Ach ja“, sagt Emma. „Da spielt der Lieblingsschauspieler meiner Mama mit. Deswegen guckt die das auch. Das Thema findet sie doof, aber diesen Benedikt Blau, den liebt sie.“

„Ihr meint, ich bin eben ...“

„... wegen einer Fernsehserie in Deckung gesprungen, ja!“, sagt Borke und hält sich den Bauch vor Lachen.

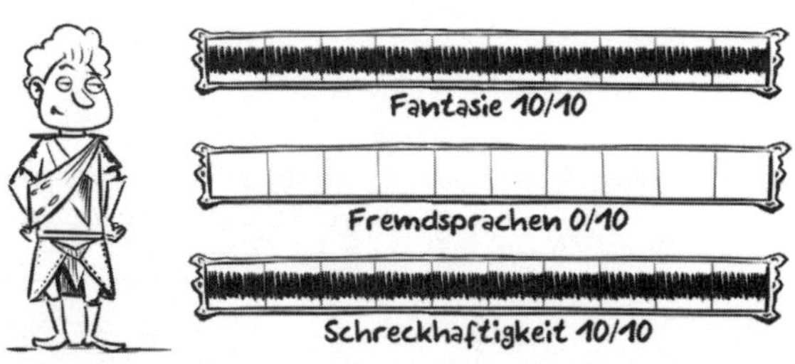

DAS M

#ALTERGRIECHE

Emma bleibt vor einem Bauzaun stehen. „Das muss es sein. Unser erstes Ziel."

Ich schaue auf den Bildschirm. In **Exploria** stehen wir vor einem alten Gemäuer mit Säulen, um die sich Pflanzen ranken. In der Wirklichkeit gammelt hinter dem Bauzaun ein leerstehendes griechisches Restaurant vor sich hin. In der oberen Etage umrahmen zwei Stützpfeiler einen Erker, in dem eine Statue steht. Eine Frau. Ihr fehlt ein Teil der Nase.

Fadi holt sein Telefon raus. Er aktiviert die Kamera. Das gefällt ihm. Ein echter **Lost Place**. Im Erdgeschoss klebt die gelbrote Werbung einer Videothek an den Fenstern. Im Hof stehen alte

Tische vor vollen Müllcontainern. Brennnesseln wachsen aus dem Asphalt. Der Pfeil schwebt genau über dem Ort. Die Ruine in **Exploria** und das verlassene Gebäude hier passen wirklich gut zusammen.

„Tja“, sagt Borke. „Hier haben wir früher öfter mal Filme geliehen. Und dann kam **Netflix**.“

Wir schieben den Bauzaun ein wenig auf und schlüpfen hinein.

Fadi filmt den Verfall von allen Seiten. Emma kratzt sich an der Stirn. „Also gut, wir suchen den ersten Buchstaben. Das M.“

Ich scanne die Kulisse ab. Auf dem Müllcontainer steht der Name des Abfallunternehmens. Ohne M. Der Container ist noch halb voll, unabgeholt seit Monaten oder länger. Es stinkt bitter und sauer, wie verbranntes Plastik mit schimmeligen Zitronen. Aus einem schmalen Vordach wächst Unkraut. Borke pfeift und hebt die Hände: „Ich darf keine Hinweise geben. Ich bin gar nicht da.“

Im Spiel fliegt kreischend ein Wanderfalke über uns hinweg. Ich schaue nach oben. In der Wüste: hitzeblauer Himmel. Hier: der ehemalige Schriftzug des alten Restaurants. Unter dem Dreieck des Daches. Über der alten Statue. Echte Buchstaben aus Messing oder Kupfer. Ein paar sind schon abgefallen.

Ich zeige hinauf. Emma kiekst: „Da ist es! Das M!"

Fadi sagt: „Das hat bestimmt mal **Olympus** geheißen."

Emma denkt laut: „Niedrig ist das nicht."

Ich checke die Lage. Jetzt bin ich in meinem Element. **Modi**, einer der Besten in diesem Spiel, auch wenn das Spiel jetzt echt ist. Ich drücke Borke das Tablet in die Hand: „Halt mal." Einen Moment später zerre ich einen der alten Tische vor den Müllcontainer.

„Was hast du vor?", fragt Fadi durch den Sucher seiner Handykamera. Ich antworte: „Auf den Tisch, vom Tisch auf den Container, vom Container aufs Vordach. Vom Vordach in den

Erker mit der Statue. Von dort aus komme ich ans **M** ran." Hoffe ich zumindest. Aber das müsste reichen.

„Geil", sagt Fadi und filmt.

„Ist das nicht zu riskant?", fragt Emma. Ich gehe zum Tisch.

Ich halte inne: „Was ist?"

„Am Anfang bitte nur mit **Real Move**. Sagt die Spielleitung."

„Wir sind hier in der Wirklichkeit", schimpfe ich. „Da ist jeder Move real!"

„Marek will deinen Standsprung sehen", sagt Borke und filmt jetzt auch, zum Beweis.

Ich frage mich, welche **Real Moves** er als wandelnder Baum drauf hat. Schlägt er mit den Ästen um sich, wie die peitschende Weide bei **Harry Potter**? Oder heißt sein Real Move „Rumstehen und Wurzeln schlagen"?

Ich fluche. Es spornt mich aber auch an. Und ich bin ja selbst schuld. Habe den Sprung schließlich im Garten trainiert und freiwillig auf meine Figur übertragen. Ich stelle mich vor den alten Tisch. Atme tief ein. Spanne alle Muskeln. Jetzt bloß nicht vor Emma blamieren. **Gaia Girl** schaut zu. Und **Modi** muss liefern.

Mit Schwung hebe ich ab, beide Füße gleichzeitig. Ich reiße die Knie Richtung Brust. Meine Schuhe rammen beide auf dem Tisch auf, der sich knirschend beschwert. Ich balanciere aus. Schnaufe erleichtert. Richte mich auf.

Fadi jubelt. Emma sagt: „Sei vorsichtig!"

Borke sagt: „Auf den Container auch noch so." Ich will erst wieder meckern, doch dann denke ich mir: Das geht. Der Deckel ist nicht rund, sondern flach. Nur etwas schräg. Ohne weiter zu grübeln, hüpfe ich mit beiden Füßen hinauf.

Borke sagt: „Cool. Ist abgeschickt!“

Fadi kommentiert: „Meine Lieben, hier seht ihr Ben Siegert, wie er das alte Restaurant **Olympus** im Köhlerviertel erklimmt.“

Ich spüre meinen Puls. Stemme mich aufs Vordach. Löwenzahn wächst aus Kies. Leere Zigarettenschachteln liegen dazwischen. Wer wirft die hier hinauf? Über mir steht die griechische Frau in ihrem Erker. Mein Kopf ist auf Höhe der Füße. Ihre Waden wirken stramm. Trotzdem habe ich Angst, ich könnte ihr das Bein ausreißen. Ich ziehe mich daran hoch, stemme die Füße gegen die Mauer, greife um. Meine linke Hand klammert sich an die Schulter. Der Bizeps spannt. Ich werfe die rechte nach oben. Zerre. Halte die Luft an. Verhärte alle Bauchmuskeln.

Mein lieber Mann, die habe ich schon lange nicht mehr so doll gespürt.

„Weiter so“, ruft Emma, „gleich hast du's!“

Aha. Nichts mehr mit „riskant“ und „vorsichtig“. Jetzt feuert sie mich an. Jetzt glaubt sie an mich. Schwer klebe ich an der Statue und wuchte mich weiter hinauf. Mein Gesicht landet zwischen den harten griechischen Brüsten.

Endlich sind meine Füße auch im Erker. Beide. Ich finde festen Stand, halte mich an beiden Schultern fest, kann verschnaufen. Entschuldige mich bei der alten Griechin, die sehr jung aussieht, bis auf die halbe Nase natürlich.

Ich strecke den Arm und rüttele am **M** von **Olympus**. Man kann den Buchstaben drehen. Er steckt mittig auf einer Schraube. Das gibt viele Umdrehungen. Wie bei den gelben Sternen im **Dschungelcamp**. Das schaut meine Mutter auch, um besser darüber reden zu können, wieso man es nicht schauen sollte.

„Hey!", ertönt eine laute Stimme. Eine Stimme mit Kanten, die so scharf sind wie die Zacken einer Säge. „Was macht ihr hier?" Ich erschrecke mich und verliere den Halt. Mein Fuß rutscht aus dem Erker. Mit der Hand halte ich mich am **M** fest.

Die Schwerkraft zieht mich gnadenlos nach unten. Meine Hand reißt das M aus der bröckeligen Wand. Ganz ohne Drehen. Der alte Putz hält den Dübel nicht mehr. Ich falle rückwärts in Richtung Vordach. Es wird schnell gehen, aber für mich wirkt es langsam. Die griechische Frau entfernt sich, während ich stürze. Die gemeißelten Augen gucken, als wolle sie sagen: „Ich würde jetzt wirklich gerne die Hände ausstrecken und dich retten, aber was soll ich machen? Ich bin aus Stein." Mit einem fiesen Geräusch krache ich auf dem Vordach auf. Es klingt, als würde der Kies meine Knochen zermahlen.

„Ben!“, ruft Emma besorgt. Ich drehe mich ächzend auf den Bauch. Das Blatt eines Löwenzahns kitzelt in meiner Nase. Ein Marienkäfer klettert genervt herunter. Nicht mal hier oben hat er seine Ruhe. „Alles in Ordnung?“, fragt Borke. Der Mann, der so laut gerufen hat, steht neben ihm, als ob nichts wäre. Eben war er doch noch sauer, weil wir in sein Gelände eingedrungen sind. Ich hebe im Liegen die rechte Hand und klappe den Daumen nach oben. Dann ächze ich noch mal, des Effektes wegen. Und weil mir natürlich wirklich alles wehtut.

Ich stehe im Hof und stecke das **M** samt Dübel in meinen Rucksack. Der Typ mit der lauten Stimme hat mir sogar von Container und Tisch heruntergeholfen. Wie ein Vater einem kleinen Jungen von einer hohen Mauer.

„War nur Spaß, mein Gebell eben“, sagt er. „Ich wollte die Pappnase hier erschrecken.“ Er boxt Borke in die Seite. Kennt der eigentlich jeden? Borke erzählt ihm, was wir hier treiben. Schnitzeljagd. Der Mann sagt: „Aber die Kruppstraße lasst ihr weg, oder? Ihr wollt ja nicht selber Schnitzel werden."

Fadi spielt das Video ab. Er hat alles aufgenommen, bis hin zu meinem Sturz. Blechern tönt die Stimme des Mannes im Telefon: „Was macht ihr hier?" Es klingt selbst aus der Konserve böse. Ich höre das Knirschen, als der Buchstabe aus der Wand bricht. Wie ich stürze. Wie ich aufs Dach krache.

Borke muss kichern. Er hebt die rechte Hand:

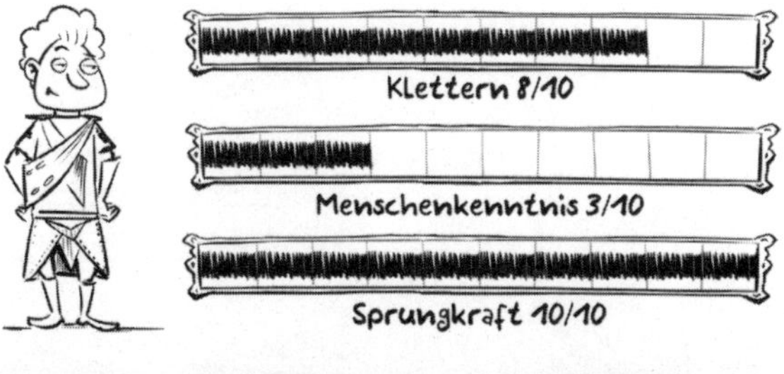

DAS A

#ZUCKERWASSER

„Was ist in der Kruppstraße?“, frage ich Borke.

„Ach, nichts“, wiegelt er ab und schaut dabei durch die Gegend. Als müsse er eben doch sichergehen, dass uns nichts passiert. An einem winzigen Schaufenster kleben Folien der **Schülerhilfe**. Das Ladenlokal daneben verkauft antike Bücher und hat angeblich nur dienstags und freitags von 15 bis 18 Uhr geöffnet.

Emma und Fadi gehen voran. Auf dem Tablet ragen Holzbalken aus den Lehmhäusern. Große Fenster ohne Glasscheiben sind mit Vorhängen aus Tierfell verhängt.

Ich fühle mich bei jedem Schritt unwohler. Borke redet

wenig, und wir kennen ihn kaum. Grüßt hier, grüßt da – als ob das eine harmlose Gegend wäre. Wir haben doch alle die Geschichten gehört. Und jetzt gehen meine Freunde auf diesem brüchigen Gehweg entlang, als wäre es nichts.

Ich überhole sie und flüstere: „Wieso habt ihr keine Angst?"

Fadi und Emma sehen mich an wie einen, der im Laden immer alle Verpackungen liest. Damit bloß nirgendwo was Falsches drin ist. Ein Zusatzstoff oder so.

„Ihr kennt doch auch all die Geschichten. Von der Mafia, die ihren Feinden hier die Fingernägel zieht. Von den Razzien. Ihr habt doch auch Panik gekriegt, als wir damals erfahren haben, dass die Schüler aus dieser Gegend auf unsere Schule kommen. Auf dem Weg zur alten Klinik seid ihr damals vor der Unterführung auf den Rädern umgedreht. Damit wir bloß nicht durch dieses Viertel fahren müssen! Und jetzt lauft ihr hier lang wie die fröhlichen Einhörner? Was hat sich denn geändert?"

„Nun ja“, sagt Fadi, „die Köhlerschüler sind nervig, aber sie haben noch niemanden auf dem Schulhof erstochen, oder?“

Ich tobe: „Die werfen uns beim Völkerball das Spielgerät in die Fresse! Emma, du hast es abbekommen. Du weißt das doch.“

Sie schaut an meiner Schulter vorbei in den unverschämt blauen Himmel:

Ich rolle mit den Augen. Also, innerlich. Äußerlich sollte man nie mit den Augen rollen, wenn ein Mädchen, das man mag, etwas mag. Selbst, wenn es ein anderer Junge ist.

„Halt!“, sagt Borke.

Wir stoppen augenblicklich.

„Was ist?“

„Na da! Direkt vor euch!“

Ich reiße den Kopf herum. Jetzt geht es also wirklich los. Die erste Schlägerei. Fäuste. Messer. Der Draht für meinen Kiefer wartet schon auf mich. Ob ich tablettensüchtig werde von all den Schmerzmitteln? Man hört das doch immer wieder. **Ibuprofen**, das ist eine Droge. Doch auf dem Gehweg ist niemand zu sehen.

„Wo denn?“, frage ich.

Borke tippt mit seinem dicken Finger auf das Tablet: „Na, hier!“

Emma und ich schauen auf den Bildschirm. Unfassbar. Wir werden bereits angegriffen. Ein paar **Rotkappen** stechen mit ihren Dolchen auf uns ein. Sie sind Rebellen, welche die weise Regierung der riesigen Lande von **Exploria** nicht anerkennen. Eine Regierung, die ich als **Soldat der siebten Garde** verteidige, wenn ich muss. Sie hat es auch verdient, denn sie herrscht behutsam und lässt die Leute in Ruhe.

„Da kriegt man vor lauter Wirklichkeit nicht mehr mit, wenn man angegriffen wird!", fluche ich und greife nach meinem Schwert. Emma beschwört derweil den bislang einzigen Assistenten, den sie sich leisten kann.

Hush Hush, ein hektisches Flatterwesen, das Giftspritzer spuckt. Kleine, neongrüne Tropfen, die den Gegner ein wenig ätzen, was aber nur hilft, wenn das Tierchen das Gesicht trifft. Immerhin ist es schnell. Die Dolche der **Rotkappen** treffen es nicht. Es hört sich großartig an, wie ihre Klingen die Luft zerschneiden.

Die Attacke ist kaum abzuwehren. Es sind einfach sehr viele. Borke steht mit seiner Figur daneben und unternimmt nichts. Eine **Rotkappe** versetzt **Gaia Girl** einen empfindlichen Hieb.

„Hilf uns doch mal eben!", brülle ich.

Borke zeigt in die Luft und auf das Tablet. „Ich darf hier nicht eingreifen und da in der Spielwelt auch nicht."

Die Dolche surren. Blut fließt. Hitpoints schrumpfen.

Fadi sagt: „Ben, mach diesen Move da. Diesen **Real Move**. Deinen Spezialtritt!"

Ich drücke die virtuellen Tasten für meinen **High Kick**. Gleichzeitig setze ich auf dem Gehweg dazu an, als müsste ich den **Real Move** in der Wirklichkeit ausführen. Ich gerate ins Taumeln.

Auf dem Bildschirm treffe ich zwei **Rotkappen** voll in die Fresse. Auf der Straße falle ich beinahe auf meine. Wie das von außen aussehen muss. Ein Typ mit Tablet auf der Straße, der tobt und tritt und stolpert, als wäre er wahnsinnig geworden. Wie ein Beitrag im Fernsehen, wenn sie mal wieder Spiele verbieten wollen.

Wir besiegen die Angreifer nur knapp. Meine **High Kicks** haben sie in die Flucht geschlagen. Und zwei gute Augentreffer aus den Spuckdrüsen von **Hush Hush**.

Emma fragt: „Wie spät haben wir's eigentlich?"

„Fast zwölf", antworte ich.

„Das reicht für warmes Essen", sagt sie und stapft über die Straße. Wortlos verschwindet sie in einem Döner-Imbiss auf der anderen Seite. Wir folgen ihr.

Der Imbiss heißt wie sein Betreiber: Aykut. Es steht auf seinem Kittel. Emma bestellt sich Falafel. Emma verspeist keine Tiere. Ich kann das gut verstehen, komme aber im Moment noch nach meinem Vater. Seine zweite Kochschürze macht keinen Hehl daraus, wie er zu dem Thema steht.

Der Imbiss wirkt düster von innen. Die Hälfte der knietiefen Scheibe ist mit den Angeboten bedruckt. Den Rest nehmen große Zimmerpalmen ein, die aber wenig gesund aussehen. Ihre Blätter haben helle, vertrocknete Spitzen.

Die Tische und Stühle im Gastraum sind aus verschiedenen Modellen zusammengewürfelt. Als hätte Aykut sie nach und nach auf Trödelmärkten gekauft. An den Wänden kleben Poster mit Luftaufnahmen von Istanbul. Die Glasvitrine neben der Kasse beherbergt keine Salate oder Pfefferwürste, damit man Appetit kriegt. Sie ist einfach nur mit einem Vorrat von Serviettenpackungen vollgestopft. In der Ecke hinter der Eingangstür steht ein uralter Videospielautomat. **Pac-Man**. Leider ausgeschaltet. Still und schwarz. Mein Vater hat mir das Spiel auch mal vorgeführt, in einer Fassung für den Computer.

An einem Tisch hocken zwei alte Männer und spielen **Backgammon.** Das Spielbrett ist komplett aus Holz. Eine flache Kiste, die man zuklappen kann. Polternd fallen die Würfel. Faltige Finger schieben runde Holzsteine über die spitzen Felder. Leise plätschert orientalische Musik aus einer Kompaktanlage. Borke sagt zu Fadi: „Guck mal, die haben sogar Hummus. Du bist doch Marokkaner, oder?"

Fadi sagt zu Aykut hinter der Theke: „Einmal Pommes rotweiß. Mit Röstzwiebeln."

Meine Blase meldet sich. Bisher hatte sie dafür vor lauter Laufen, Klettern, Springen und Stürzen ja keine Zeit. Ich frage Aykut nach der Toilette. Er zeigt auf einen kleinen Flur, der neben dem Kühlschrank für die Getränke in die Tiefe führt.

Ich schleiche hinein. Der Gang ist sehr eng, und es scheint, als würde er in der Tiefe noch schmaler.

Hier herrscht nur noch das Dunkel. Bis auf einen Schwall Licht, der wie zähflüssiger Sirup aus einer offenen Tür in den Gang schwappt. Ich nähere mich, wie hypnotisiert.

Kurz bevor ich um die Ecke gucke, höre ich, wie jemand flucht und rumjammert. Es hört sich an, als ob er sich gegen etwas wehre. Es ist zu spät, den Kopf zurückzuziehen. Die Neugier überwältigt mich.

Ein Typ hockt auf dem Boden in einem Raum, der mit schmutzigen kleinen Fliesen belegt ist. Wie die uralte Gemeinschaftsdusche am Sportplatz. Hinter ihm steht ein Riese mit haarigen Armen. Er hält eine Zange in der Hand. Rotgrauer Griff aus Gummi und eine lange Spitze, mit der man auch Kabel aus Schächten pulen kann.

Auf dem Boden verteilt liegen die schrumpeligen Reste alter Fingernägel. In den Ritzen der Fliesen sehe ich getrocknetes Blut. Ich halte den Atem an. Das ist er. Alle Gerüchte sind wahr. Das ist der Raum, von dem der Leergutsammler am Schulzaun erzählt hat.

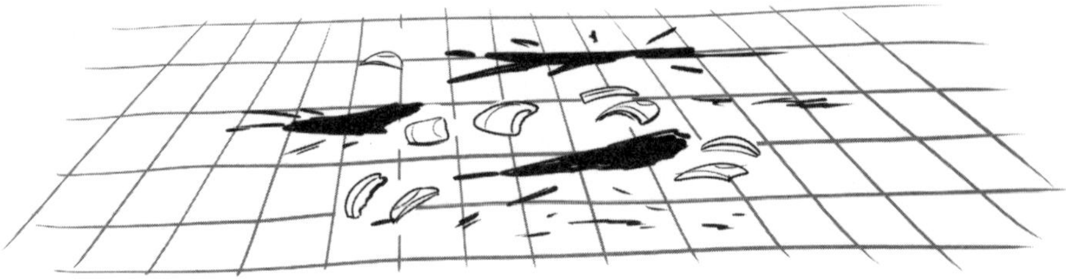

Die Folterkammer, in der die Mafia ihren Opfern die Fingernägel zieht ... und sie hinterher zwingt, sie zu essen. In der Falafel, womöglich! Oder im Döner! Vielleicht kriegen die Gäste sie sogar klein geschreddert zu futtern. Der Zangenmann ist älter als der junge Typ auf den Knien. Er schimpft und beugt sich zu ihm hinab, als er mich bemerkt.

Das ist das Ende. Ich bin Zeuge eines Mafiaverbrechens. Mit Beton an den Füßen werde ich im Fluss landen. Der alte Riese lacht und gibt dem jungen Mann am Boden die Zange. „Der muss auch mal arbeiten lernen", sagt er. „Nicht nur immer Smartphone daddeln und den Papa machen lassen."

Der junge Mann greift mit der Zange in ein Metallgitter am Boden, das einen Abfluss bedeckt. Es klemmt stark und klebt vor lauter Dreck. Als er es rauskriegt, fliegt es krachend auf die Fliesen. Im Abfluss stinkt schwarze Plörre vor sich hin.

Hat der Typ etwa nur so gejammert, weil er den ekelhaften Abfluss reinigen soll? Ich schaue genauer hin.

Die Fingernägel, die hier überall am Boden liegen, sind alte Röstzwiebeln. Bei dem getrockneten Blut handelt es sich um Spritzer von Ketchup. Auf einer Ablage stehen riesige Eimer und Großpackungen. In der Ecke aufgerissene Kartons. In einem reihen sich Tetrapaks mit fertiger Soße aneinander. In einem anderen sehe ich große Gläser mit grünen und schwarzen Oliven. Aus einem dritten quillen diese harten, grauen Papierhandtücher, die man auf dem Klo aus den Spendern reißt.

Alles spricht dagegen, dass dieser Raum die Folterkammer der örtlichen Mafia darstellt.

Allerdings spricht einiges dafür, dass es nicht allzu gesund ist, in diesem Imbiss zu essen.

Nach dem Pinkeln kehre ich in den Gastraum zurück und erzähle Fadi und Emma, was ich gesehen habe. Emma spuckt ihren aktuellen Bissen dezent in die Serviette und sagt: „Männerwirtschaft, bah! Frauen sind zwar schon lange nicht mehr zum Putzen da, aber wir sehen den Dreck wenigstens, bevor man ihn aufstemmen muss."

Fadi zögert nur kurz und steckt dann die nächste Pommes in den Mund. „Was denn?", fragt er, „Frittierfett hat 170 Grad. Da gehen alle Keime kaputt."

Ich setze mich dazu. Borke trinkt Tee aus einem kleinen Glas. „Auch was mampfen?", fragt er.

„Habe heute Morgen für den ganzen Tag gegessen", lüge ich.

Emma wirft einen Blick auf das Tablet: „Leute, ich glaub's nicht. Diese Bude hier ist unser zweites Ziel." Sie dreht das Gerät. In der Tat. Der Pfeil tanzt direkt über einer Schänke in **Exploria**. Der Kompass sagt, wir seien da.

„Dann muss sich hier irgendwo das **A** verbergen", sage ich.

„Und sicher nicht so offensichtlich wie das **M** beim alten Griechen", sagt Emma. Wir stehen auf und schauen uns um. Das A von **Pac-Man** im Plexiglas des alten Spielautomaten? Nein, wir müssten es ja mitnehmen können.

Fadi tunkt eine Fritte in sein Mayo-Ketchup-Gemisch. Mit der weißroten Spitze dippt er ein paar Röstzwiebeln auf. Er sagt: „Ich kenne mich mit eurem Spiel nicht so aus, aber vielleicht muss man mit jeder Aufgabe eine andere Fähigkeit beweisen."

Emma und ich sehen uns an. Sie sagt: „Vorhin ging es weniger darum, das **M** zu erkennen. Das war ja offensichtlich. Es ging mehr um das Springen und Klettern. Und um den **Real Move**."

Ich sage: „Also finden wir das **A** in diesem Imbiss eher..."

Emma bringt meinen Gedanken zu Ende: „... mit **Sharp Eye**!"

Wir stehen auf und stellen uns in den Raum. Nicht groß rumlaufen. Keine Hektik. Einfach nur ganz genau hinsehen.

Ein Gast betritt den Imbiss. Er bestellt Pizzabrötchen.

Aykut schiebt die Teiglinge in den Ofen. Der Gast zeigt auf uns und sagt: „Da stehen schweigende Teenager mitten in deinem Imbiss. Und gucken."

Aykut brummt: „Ich weiß."

„Nein, ich mein, die gucken nur so in die Gegend. Nicht auf ihre Smartphones oder so. Walla, das ist seltsam."

Wir lassen uns nicht beirren. Unsere Augen wandern über jeden Zentimeter Wand, Theke, Boden oder Stuhl. In Zeitlupe.

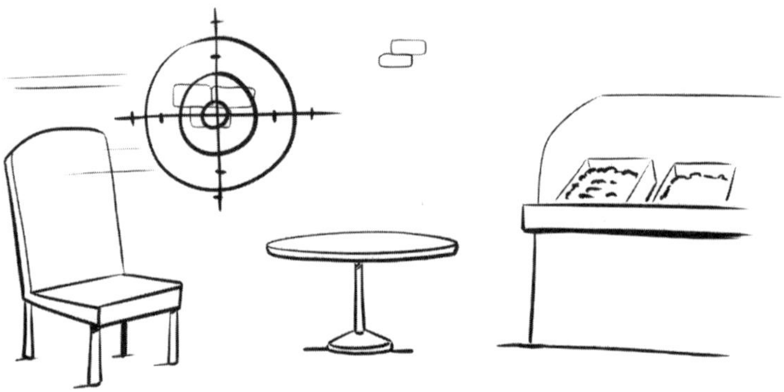

Der Gast weicht etwas zurück und sagt: „Creepy."

Der alte Riese ruft aus dem schmalen Flur: „Aykut! Du musst den Klempner rufen. Der Abfluss ... Allah korusun!"

„Siehst du was?", frage ich Emma.

„Überall gibt es hier ein A", sagt sie. „Aber wir können ja schlecht die Speisekarte zerschneiden."

Ich schüttele den Kopf: „So meint Marek das bestimmt nicht." Borke legt die Füße auf einen zweiten Stuhl.

„Das ist schön anzuschauen."

„Du kennst also die Lösung?", frage ich ihn.

„Natürlich kennt er sie", sagt Emma. „Er ist die ausführende Kraft der Spielleitung."

„Siehst du?", sagt Borke und pustet genüsslich in den Tee, den er aus einem winzigen Glas schlürft. „Emma hat verstanden, wie das hier läuft."

Der Gast öffnet den Kühlschrank. Er kramt in den Getränkedosen herum, schiebt sie durcheinander.

„Hey, Aykut, was soll das hier? **Fanta. Cola. Sprite.** Sei mal ein bisschen patriotischer. Wo ist das **Uludağ**?"

„Ist noch was drin", sagt Aykut. „Weiter hinten."

Der Gast kramt und findet die grünen Dosen.

„Die brauchen wir!", schreie ich. Der Gast sieht mich an wie einen entlaufenen Irren.

Er zeigt auf den Kühlschrank, die Dose mit der zuckersüßen türkischen Limo in der Hand: „Da sind noch andere drin, Alter."

„Nein, wir brauchen genau die!"

Emma schaut genauer hin. Borke nickt wie ein Trainer, der einen guten Spielzug gesehen hat. Das **A** auf der Dose ist mit schwarzem Edding umkringelt.

„Das ist unser Objekt", sage ich.

Aykut ruft: „Pizzabrötchen fertig!"

Der Gast fragt ihn: „Was kostet eine Ulu?"

„Eins fünfzig."

Der Typ grinst mich an: „Die? Genau die?" Ich nicke.

„Dann gib mir einen Fünfer."

Borke klatscht lachend in die Hände. Ich grummele und krame einen zerknitterten Schein aus meinem Portemonnaie. Der junge Geschäftsmann zahlt mit dem Fünfer seine Pizzabrötchen und eine neue Dose süßer Limo.

Zu Aykut gerichtet sagt er: „Aykut! Ich schreib was Geiles über deinen Laden auf **Google**, Meister!"

Borke stellt sein leeres Teeglas auf die Theke.

„Da habt ihr wohl zwei von fünf", sagt er. „Nicht schlecht."

Fadi sagt: „Los, Ben. Mach mal deinen Jubeltanz!"

Ich werde rot: „Doch nicht in echt ..."

Borke sagt: „Den will ich auch mal sehen."

Emma hilft mir: „Das dritte Ziel liegt östlich von uns." Ich schaue dem Dosenkäufer nach und frage mich, ob das ein Zufall war.

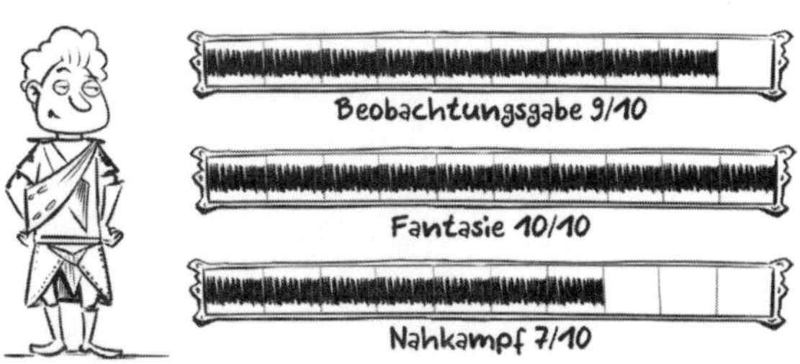

DAS R

#HIRNKRAFT

Wir stehen vor einer Weide. Über uns immer noch ein blauer Himmel, aber mit Schlieren. Etwas diesig. Es mischt sich Sandfarbe hinein. Die Weide ist umzäunt. Nomaden haben die Pfähle grob aus Stämmen hergestellt. Sie haben die runden Bäume gedrittelt. Eine Seite hat also immer noch Rinde, die anderen beiden sind pures Holz, aus dem spitze Späne herausragen. Hinter der Weide ragt ein Palast in die Höhe. Sehr schlicht, wie ein Bunker mit Zinnen. Eine Festung ähnlich der, die ich mir im Spiel auf der Insel gebaut habe.

Um das **R** zu finden, müssen wir in diesen Bunker. Wie die Lichtung der **Wutwichtel** im **Knüllwald** darf man die Weide dazu nicht umgehen. Man muss mitten durch – ohne die Tiere aufzuregen.

Bei der Herde handelt es sich um **Vielhörner**. Wilde Rinder mit vier bis acht Hörnern auf dem Kopf. Sie sind leichter zu passieren als die **Wutwichtel**, aber nicht ohne. Die Kunst besteht darin, zu jedem Exemplar ungefähr eine Armlänge Abstand zu halten. Also Slalom laufen, langsam und präzise.

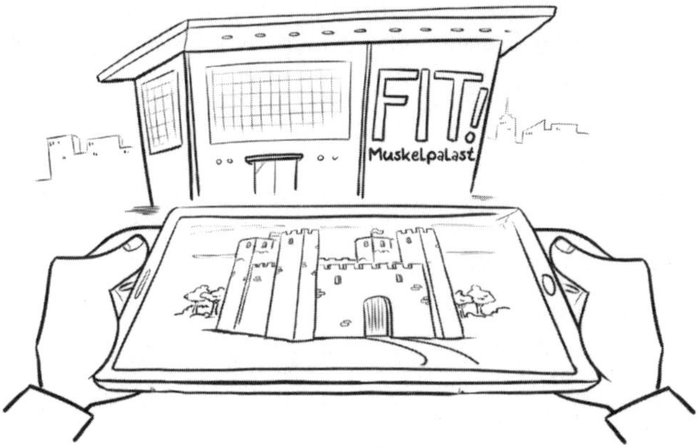

In der echten Welt ist der Bunker, in den wir hinein sollen, ein großes Fitnessstudio. Und die Weide, die wir dafür durchqueren müssen, ein Schulhof.

„Ich dachte, die Köhlerschule steht unter Wasser", sage ich. Borke schlürft den nächsten Energy-Drink.

Er schaut über die Schulhofweide wie ein Farmer über sein Gehege. Seinem Hals entfährt ein koffeinreicher Rülpser.

„Das ist nicht die Köhlerschule", antwortet er. „Das ist das Berufskolleg. Hier lernen die Älteren ein paar Tage in der Woche, während sie eine Ausbildung machen."

Ich betrachte die Herde der Menschen, die bald Anstreicher werden oder Elektriker; Tiefbauer, Automechaniker oder Klempner. Berufsschulen sind harte Pflaster. Das sagen nicht mal bloß die Nachrichten. Das sagt mein Vater. Einmal sollte er dort einen Vortrag halten, über seinen Alltag als Programmierer. Er kam nach Hause und war danach nicht mehr ansprechbar. Hat sich in die Badewanne gelegt, ganz viel Schaum gemacht und jeden verjagt, der nach ihm sehen wollte.

Durch diese Herde müssen wir jetzt durch.

Ich schlucke. Berufsschüler. Meinen Vater haben sie schaumreif gemacht. Ihr Zaun ist nicht aus Stämmen, sondern aus Maschendraht. Noch beachten sie uns nicht.

Ich halte Borke das Tablet vor die Nase.

„Wie soll das gehen?", frage ich. „Hier vorsichtig den **Vielhörnern** ausweichen und da den Leuten? Gleichzeitig? Das ist schon schwer, wenn man es am großen Rechner im Sitzen macht. Die halten uns doch für Vollhorste, wenn wir mit den Bildschirmbrettern über ihren Schulhof torkeln."

Borke lacht schallend: „Wer sagt denn, dass immer alles zeitgleich geschehen muss? **Exploria** soll euch den Weg weisen. Und ich glaube, ihr habt schon kapiert, wo ihr gleich reinsollt, oder?"

„Kannst du mal damit aufhören, Weißblech in die Landschaft zu pfeffern?", sagt Emma.

„Zerknülle ich die Dinger?", fragt Borke. „Nein? Eben. Die bleiben pfandautomatentauglich. Somit sind sie in fünf Minuten aufgesammelt. Im Grunde verteile ich Trinkgeld."

Er schnippt: „Gebt mir die Tablets. Die Rinderweide machen wir später, wenn ihr über die Berufsschulweide drüber seid."

„Du kommst nicht mit?"

„Viele hier kennen mich. Die denken dann: Okay, die gehören zu Borke. Dann ist es zu leicht."

„Und sonst ist es schwer?", frage ich. Jetzt gucken auch Fadi und Emma skeptisch. Klar ist es schwer. Schulhöfe sind empfindliches Gebiet. Und hier wirkt niemand, als ob er Eindringlinge lustig fände.

Borke schiebt uns symbolisch nach vorne, die Finger nach unten und die Rückseiten der Hände zu uns gerichtet.

„Die Spielleitung hat nicht ewig Zeit." Wir betreten den Schulhof des Kollegs. Allein der Name sagt schon alles: Kolleg. Hier wird niemals einer studieren.

Alle sind schon bald **Kollegen**. In Lieferwagen. Mit Blaumännern, aus deren Taschen Zangen herausgucken. Womöglich haben sie schon Kinder. Solche Berichte sieht man doch auch im Fernsehen. **Schwanger mit 16 – was nun?** Zitternd schleichen wir auf den Hof.

Ich fühle mich schwach. Unpraktisch. Theoretisch. Die werden uns erkennen. Viele rauchen. Ein junger Mann telefoniert. Mit tiefer, lauter Stimme. Die Brust rausgestreckt, den Ellbogen abgespreizt.

Bloß immer Abstand halten. Niemanden anrempeln. Niemandem auch nur zu nahe kommen. Die Herde kann sich sonst blitzschnell um einen schließen. Dann geht man unter und wird verdaut im Magen der Menge.

Zitternd setzen wir einen Fuß vor den anderen. Ich kann keine Fliesen legen, keine Stromleitungen verknüpfen. Einmal ließ mich mein Vater ein Loch bohren. Ich rutschte ab und ritzte ihm mit dem Aufsatz den Arm.

Was mache ich, wenn sie bemerken, wer wir sind? Diese Praktiker? Weit und breit ist kein Lehrer zu sehen. Wahrscheinlich schließen die sich in der Pause ein. Aus den Handys um uns herum ertönt **Rap**, eine Drohung nach der anderen. Man wird rot dabei, vor Angst, und auch aus Scham, dass Menschen solche Dinge sagen. Da werden Gegner durchlöchert, gemessert und zerteilt, vor allem Bastarde und Hundesöhne. Haftrichter werden ausgelacht, und mit Müttern und Schwestern hat man Unsägliches vor.

Wie sich wohl Stichwunden anfühlen? Gemessert werden geht schnell. Jemand kommt, verpasst dir fünf, sechs Stiche, wirft die Waffe weg und rennt schneller davon, als du zu Boden gehst. Bis die Lehrer von innen ihr Zimmer aufgesperrt haben, ist man verblutet.

Ich gehe eng bei Emma. So könnte ich zur Not die Stiche abfangen. In dieser Welt treffen Messer auch Mädchen. Aus einem Telefon spuckt jemand mit tiefer Stimme: „Ich bin so icy, piss ich in die Schüssel, hört sich's an, als würde es hageln."

Vor meinem Gesicht erscheint ein schwarz glänzender Schatten. „Nimmst du bitte mal dein Spielgerät?", fragt Borke. Ich blicke auf. Wir stehen auf der anderen Seite des Schulhofs. Emma hat bereits angefangen, **Gaia Girl** durch die Rinder zu manövrieren.

„Jetzt komm, mach mit", sagt sie.

Ich starre auf den Hof zurück: „Wir sind schon durch?"

Borke sagt: „Stört dich das? Hättest du lieber Ärger gewollt? Ich kann auch noch mal rufen, dass du alle Maler und Lackierer hier für Schwuchteln hältst."

Ich kann es nicht fassen, dass wir den Schulhof bereits überquert haben. Wo war ich währenddessen die ganze Zeit? In meinen inneren Filmen über all das Schlimme, was jeden Moment passieren könnte, während die einzigen Gewaltorgien in den gereimten Sätzen auf den Handys stattgefunden haben.

„Da steht er", lacht Borke, „und guckt wie eines der Rinder."

Der rechteckige Palast im Spiel hat keinen Namen. Der rechteckige Fitnesstempel hier heißt **Muskelpalast**. Für die **Vielhörner** haben wir als **Gaia Girl** und **Modi** insgesamt vier Versuche gebraucht. Bevor wir den **Muskelpalast** betreten, kauft Borke für uns im Textilsupermarkt nebenan einen ganzen Stapel Sportklamotten.

Gut, die einzelnen Teile sind billig, aber insgesamt legt er dafür einen Hunderter auf den Tisch. Sonst kämen wir schließlich nicht rein. Das ginge nicht auf ihn, sondern auf die Spielleitung. Er strecke es nur vor.

Im **Muskelpalast** liegt ein Dröhnen in der Luft. Eine Klangmischung aus surrenden Laufbändern, pustenden Klimaschächten und noch mehr Sprechgesang aus unsichtbaren Lautsprecherboxen. Hier allerdings komplett auf Englisch statt auf Deutsch und mit schnellerem Rhythmus.

Ein paar Männer schnaufen auf Laufbändern. Frauen mit Stirnbändern und engen Oberteilen ohne Ärmel treten in die Pedalen der Räder oder machen Schritte auf dem Stepper. Vor allem aber klirren Gewichte.

In unseren Billigsportklamotten stehen wir zwischen den Geräten. Latzüge mit Stangen, an denen man rechteckige Gewichte hochziehen muss. Sitzgeräte mit einer Trittplatte, die man mit den Füßen von sich wegschiebt, um die Beine zu trainieren. Auf der Fläche für das Training mit freien Gewichten stemmen Männer Hantelstangen, die breiter sind als zwei Mal mein Vater und der Nachbar Heinz nebeneinander. Also die Männer sind so breit, nicht die Stangen. In der Luft liegt ein lieblicher Duft aus süßem Duschgel, saurem Schweiß und exotischem Aroma-Öl.

„Und hier verbirgt sich jetzt ein R zum Mitnehmen?", fragt Fadi.

„Simon geht auch in solche Studios", sagt Emma. „Aber er macht es nicht zum Angeben oder für Muskelkraft, sondern nur für sich selber und für die Muskelausdauer. Ganz in Ruhe, ohne Marek. Manchmal geht er um vier Uhr morgens rein, wenn niemand anderes da ist."

„Kann er auch aus dem Stand springen?", frage ich.

Borke kommt hinzu. Er brauchte nur die Schuhe wechseln, da er sowieso Jogginghosen trägt. Jetzt schlürft er einen Eiweiß-Shake.

„Irgendwelche Tipps?", frage ich.

Borke räuspert sich: „Wenn ihr schon hier seid, könnt ihr ja mal trainieren. Die Geräte ausprobieren."

„Na, super."

Fadi setzt sich auf den Sitz dieses Beindrückgerätes. Er stemmt die Füße dagegen, aber nichts tut sich.

Emma prüft die Gewichte. Der Stab steckt zwischen den Scheiben für 80 und 90 Kilo. Sie steckt ihn auf 30 Kilo um. „Versuchs jetzt mal!"

Fadi drückt. Seine Waden spannen. Die Platte bewegt sich.

„Euer Ernst?", frage ich. „Ihr wollt wirklich trainieren?"

„Das war Borkes Hinweis", sagt Emma.

„Und wenn die Spielleitung ihm befohlen hat, uns auch mal falsche Hinweise zu geben?"

„Simon sagt, viele absolvieren die Geräte in einer bestimmten Reihenfolge. Vielleicht führt uns das zum Buchstaben."

„Simon hier, Simon da", schimpfe ich. „Dein dunkelblauer Elf führt uns nirgendwohin."

„Woher weißt du, wie seine Spielfigur aussieht?"

Ich werfe die Arme in die Luft. Die Musik aus den Lautsprechern ändert sich von Rap zu Clubmusik. Unbeirrt stampft der Rhythmus.

„Sag schon, woher kennst du Simons Figur?"

„Ob ich wohl auch mit Mitschülern reden darf?"

„Unsinn! Du redest mit niemandem von der Köhlerschule. Deswegen siehst du überall Gespenster."

„Ihr habt auch gezittert, eben auf der Weide. Also dem Schulhof vom Kolleg!"

Fadi sagt:

Figuren und Kulisse. Beim **M** musstest du springen wie im Spiel. Beim **A** musstet ihr gucken wie im Spiel. Das waren **Skills.** Vielleicht geht es jetzt nicht um Fähigkeiten, sondern um die Kulisse selber. Ben, was ist in dem Palast bei **Exploria**?"

Ich schaue nach, dankbar für die Ablenkung vom Streit. Ein Tablet haben wir mit rein genommen. Der Palast hat innen sehr breite Stufen. Genau wie das Fitnessstudio. Im Erdgeschoss ist hier wie dort nichts. Erst oben fängt alles an.

Ich gehe hinauf und verscheuche eine kleine **Flotte**. Das ist eine Kreuzung aus Motte und Fledermaus. Ein alberner Name. In der Originalfassung des Spiels ist er allerdings auch nicht besser. Da haben sie die englischen Worte für Fledermaus und Motte zu **Both** vermischt.

Wir stecken unsere Köpfe über dem Tablet zusammen, während ich als **Modi** das Gemäuer durchsuche. Für genug Geld kann man sich im Spiel Hinweise auf versteckte Gegenstände geben lassen. Ich löse einen davon ein.

In den Wänden stecken schräg angebrachte Fackeln. Sie tauchen die Gänge in goldbraunes Flackerlicht.

In einer Mauerritze schräg gegenüber blinkt es kurz auf. Ich laufe hin. Zwischen zwei Ziegeln steckt ein Stück Pergament. **Modi** zieht es heraus. Das Spiel vergrößert es für einen Moment und zeigt in goldenen Buchstaben, worum es sich handelt.

Das Papier verkleinert sich wieder und landet im Inventar.

„Eine Nebenhandlung“, sage ich.

„Es geht nicht um den Inhalt“, schlussfolgert Fadi. Im Gemäuer flackert das Licht der Wandfackeln. Hier flackern große Fernseher gegenüber den Trimmrädern.

„Es geht ums Prinzip“, sagt Emma. „Irgendwo steckt hier etwas in einer Ritze zwischen Dingen, die so ähnlich wie Ziegel aussehen.“

Borke tut so, als würde er sich an seinem kalten Shake verbrennen und ruft: „Heiß!“

Gegenüber rutscht einem Mann die Stange vom Latzug aus der verschwitzten Hand. Er flucht. Die schwarzen Gewichte fallen klirrend aufeinander zurück.

Emma grinst wie jemand, der vor allen anderen was begreift.

„Natürlich“, ruft jetzt auch Fadi. „Die Gewichtsplatten an den Geräten!“ In unseren billigen Klamotten laufen wir die Stationen ab. An meinem T-Shirt für vier Euro löst sich schon die Naht. Meine Mutter sagt immer „Wer billig kauft, kauft doppelt“. Jetzt verstehe ich den Spruch. Die Männer auf den schwarzen Ledersitzen der Geräte drehen die Köpfe, weil wir hinter ihnen die Gewichte inspizieren. Am allerletzten der zwölf Latzug-Geräte ruft Emma: „Hier!“

Wir eilen rüber. Ein Stück Pappe klemmt zwischen zwei Platten. Das kann kein Zufall sein.

„Das ist das **R**“, sagt Emma. „Das ist mit Sicherheit das R!“

Zwischen den Gewichten, wie zwischen den Ziegeln im Palast.

„Äh, Leute“, sagt Fadi, „ihr seht die Zahlen dort, ja?“

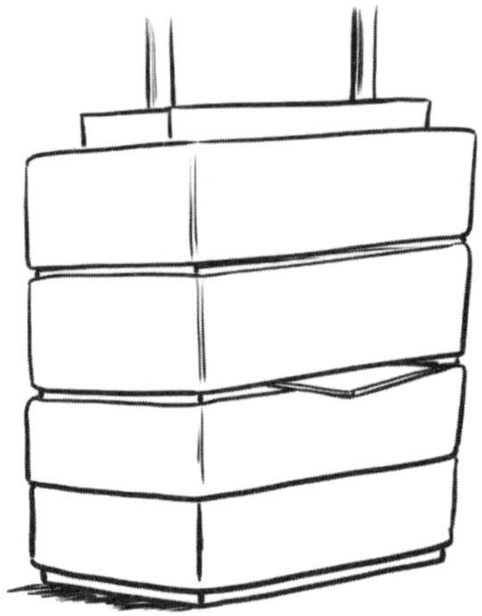

Das Stück Pappe, das Marek hier platziert hat, klemmt zwischen den Platten für 120 und 125 Kilo.

Ich sage: „Versuch's mal so.“

Fadi zieht. Borke sagt: „Wenn es reißt, zählt es nicht.“

Emma sagt: „Das heißt, damit wir es rausziehen können, muss jemand 120 Kilo hochzerren. Wenigstens ein Stückchen.“

„Nicht jemand“, sagt Borke. „Ihr!“

Ich frage mich ja, ob Marek uns zusieht. Irgendwie, durch Borke. Vielleicht trägt der eine winzige Kamera, irgendwo. Oder Marek schaut durch die Linsen der Tablets und lacht sich tot.

Wütend setze ich mich und ziehe an der Stange, so fest ich kann.

Ich zerre und japse. Mein Kopf wird heiß und rot. Die Gewichte hinten müssen sich nur einen Millimeter voneinander trennen. Dann könnte Emma die Pappe rausziehen.

„Tut sich was?"

„Nein."

Ich strenge mich noch mehr an. Meine Ohren sausen. Ich sehe Sterne vor den geschlossenen Augen. Doch anstatt dass sich die Gewichte bewegen, ziehe ich mich bloß selbst an der Stange hoch. Wie ein Klammeraffe. Ein paar Männer kichern.

Borke sagt: „Stopp! Das kann man ja nicht mit ansehen." Ich lasse kurz los und sinke in den Sitz zurück. „Was ist **Exploria** für ein Spiel?"

Emma sagt: „Entdeckung, Rätsel, Kampf."

Ich sage: „Rollenspiel. **Action-Adventure. Open World.**"

Borke beginnt vorzusagen: „**Massive...**?"

Ich ergänze: „**Multiplayer Online Role-Playing Game**. Und?"

Borke seufzt wie ein Nachhilfelehrer: „Wie lautet das zweite Wort darin?"

Einen Moment lang sehen wir ihn an wie die Vielhornrinder. Dann schnippt ausgerechnet Fadi mit den Fingern: „**Multiplayer**!"

Er stellt sich vor den Sitz, auf dem ich hocke: „Komm, runter da. Wir dürfen gemeinsam ziehen!"

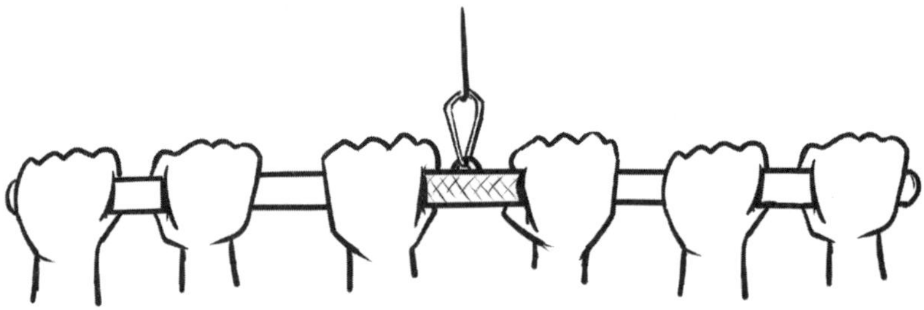

Nun geht auch Emma und mir das Licht auf. Wir müssen hier im Studio keine gute Figur machen. Wir müssen nur unsere Aufgabe erfüllen. Zu dritt greifen wir nach der Stange und ziehen. Die Gewichtsplatten lösen sich etwas.

„Schnell!", sagt Fadi zu Emma. „Zieh es raus!"

Sie huscht um die Maschine und greift sich das Pappstück gerade noch, als die Stange unsere Arme wieder lang zieht. Vornüber purzeln Fadi und ich auf den Sitz und seitlich vom Gerät auf den blauen Teppich. Das war knapp!

Emma hält den kleinen Karton in die Höhe. Darauf: Ein fett gezeichnetes **R**. Borke sagt: „Was für ein Glück, dass deine Freunde mitgekommen sind.“ Jetzt hätte ich Bock auf meinen Jubeltanz, doch ich bin zu erschöpft. Auf der Freifläche tragen zwei Männer einen Wettbewerb aus, wer mehr stemmen kann.

„Komm schon!“, feuern ein paar den Schwächeren an. „Lass dich von ihm nicht schlagen wie ein Hund!“

Irgendwie kommt mir dieses Gerede bekannt vor. Aber jetzt, hier am Boden, bin ich zu schwach, mich daran zu erinnern.

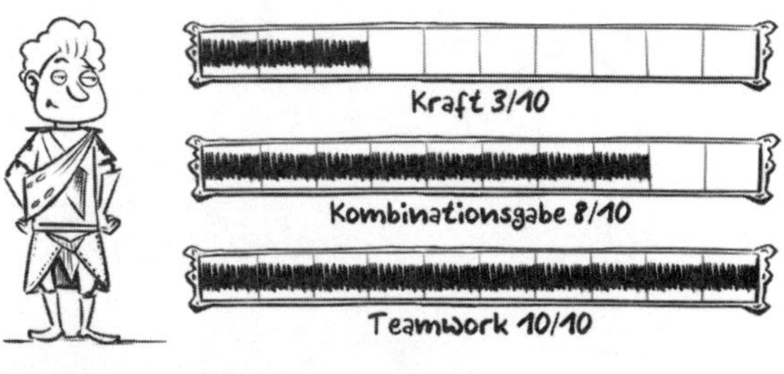

DAS E

#PILLENTERROR

Um unser nächstes Ziel zu erreichen, müssen wir eine Weile auf einer einsamen Straße geradeaus gehen. Das Köhlerviertel teilt sich hier. Als hätte ein Titan eine Kerbe hineingeschlagen. Kaum noch Häuser links und rechts. Dafür karge Büsche und ein Parkplatz aus Kies. Am Zaun hängt ein Schild: **Auto An- und Verkauf**. Es findet allerdings kein Handel mehr statt. Unter den vom Wind zerfetzten Fähnchen stehen nur noch ein paar Unfallwagen.

Traurige Karosserien mit zerdrückten Gesichtern. Borke sieht sich um, in alle Richtungen.

Auf dem Bildschirm in **Exploria** führt eine lange Straße durch die Wüste hinter **Bardun**. Am Horizont liegen Berge wie dösende Riesen. Ein kleiner Schwarm Pelikanodone zieht über uns und die öde Gegend hinweg.

„Das dauert noch“, sagt Emma.

Fadi bleibt stehen.

„Dafür haben wir keine Zeit“, findet Borke.

„So viel Zeit muss sein!“ Fadi holt seine **Go-Pro** heraus. Die Ruine des alten Griechen hat er noch mit dem Handy gefilmt. Das hier erfordert gutes Besteck.

Borke sagt: „Ernsthaft jetzt. Da muss ich die Spielleitung fragen.“

Der Satz regt mich auf. „Was ist bloß los mit euch? Simon gehorcht Marek aufs Wort, und du hast als Schiedsrichter seiner Schnitzeljagd nicht mal die kleinsten Freiheiten? Ist Marek ein Halbgott, oder was? So wie die aus dem Keller in Köln beim Videobeweis in der Bundesliga?“

Borke sagt: „Wähle deine Worte mit Bedacht, mein Freund." Doch ich tobe weiter: „Schiedsrichter müssen auf dem Platz noch einen gewissen Einfluss haben. Sonst sind sie auch nur irgendwelche Schoßhündchen."

Borke knallt seine halb volle Dose auf den Boden. Seine Augen funkeln. Er ballt eine Faust. Ich zeige auf ihn und sage: „Seht ihr das? Da ist sein wahres Gesicht! Er tut immer so kumpelhaft. Aber jetzt merkt man, dass er einem auch Kieferdraht verpassen könnte. Oder das Messer ziehen."

Borkes Fuß zerquetscht die Dose. Nun ist sie nicht mehr pfandfähig.

Damit beweist er nur, was ich sage: „Seht ihr diesen Hass? Diese Wut? So wie Borke gerade ist diese Gegend wirklich. Alles andere ist nur eine Fassade. Fadi, das siehst du doch auch? Fadi?"

Wo eben noch unser Freund stand, schweigen nur ein paar Grashalme am Rande des Gehwegs. Er ist einfach losgelaufen, zum leerstehenden Riesensupermarkt, dem **Lost Place** seiner dunklen Träume. Emma folgt ihm. Ich folge Emma.

Wir rennen über den großen Parkplatz, aus dem erste junge Bäume wachsen. Wie damals aus dem aufgeplatzten Asphalt vor dem verlassenen Krankenhaus. Der Eingang liegt da wie das finstere Maul eines langen, gestrandeten Urzeit-Wals. Fadi ist bereits darin verschwunden.

Links und rechts des finsteren Rachens stehen losgekettete Einkaufswagen. Von der Wand hängen verrottete Plakate herunter wie Hautschuppen bei furchtbarer Akne. Die Veranstalter von Trödelmärkten oder dem Zirkus haben hier noch eine Weile lang wild geklebt.

Wir finden Fadi rund zehn Meter hinter dem Eingang. Genau auf der Grenze, an der das natürliche Licht von draußen endet und die tiefe Finsternis von drinnen beginnt.

„Das wird mein krassester Einstieg“, sagt er. Sein Kanal **Fadis Lost Places** hat mittlerweile 78.500 Abonnenten. Er verteilt Stirnlampen, als würden wir so etwas ständig machen.

„Du warst dir wirklich sicher, dass es dazu kommt“, sage ich.

„Nein“, sagt er. „Ich bin nur immer auf alles vorbereitet.“

Wir knipsen die Lichter an. Fadi filmt. Wir schleichen hinein.

Borke erscheint im Eingang, umrahmt von den Resten des Tageslichts.

Fadi sagt: „Komm mit. Das ist faszinierend.“

Borke macht einen Schritt zurück. Seine Wut ist verraucht. Sehe ich stattdessen nun Angst in seinen Augen?

Er wedelt mit den Händen. „Da muss ich nicht mit rein. Und

euch würde ich es ebenfalls nicht empfehlen." Fadi dringt weiter vor. „... aber wenn ihr meint. Der Mensch muss seine Fehler selber machen."

Im Bauch des Riesenwals verhallen unsere Schritte. Es liegen immer noch Waren in den Regalen. Auf Kleiderständern hängen Jacken.

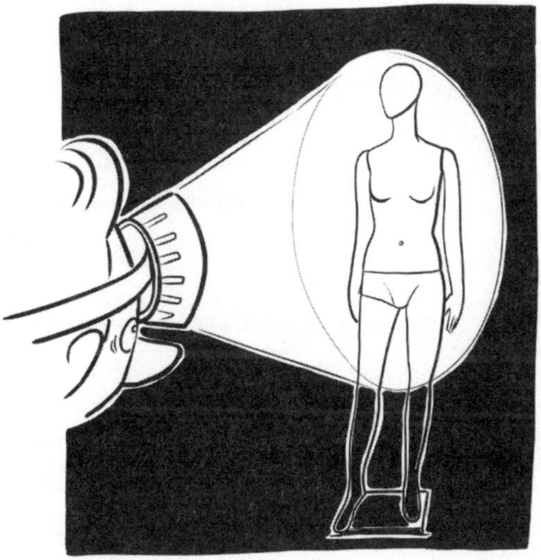

Die Wahrheit kann ich nicht laut sagen. Die Wahrheit würde lauten: „Das ist so unheimlich, ich mache mir gleich in die Hose." Daher mache ich lieber einen Scherz: „Schon krass, oder? Wie unwirklich sich ein verlassener Riesenmarkt anfühlen kann, der einmal **real** geheißen hat." Die Dunkelheit schluckt meinen Satz wie schwarzer Teer eine verlorene Münze.

Meine Freunde lachen nicht. Emma flüstert: „Leuchte mal da drüben in die Tiefkühlung."

Fadi dreht den Kopf und senkt die Stirn. Ein paar Packungen Fleisch in Folie sind noch in der Truhe verblieben. Sie sehen aus, als hätten sie wie Untote wieder zu leben begonnen und verzweifelt versucht, dem eingeschweißten Plastik zu entkommen.

Ich ekle mich und leuchte in einen Gang mit Konserven. Hier steht noch erstaunlich viel.

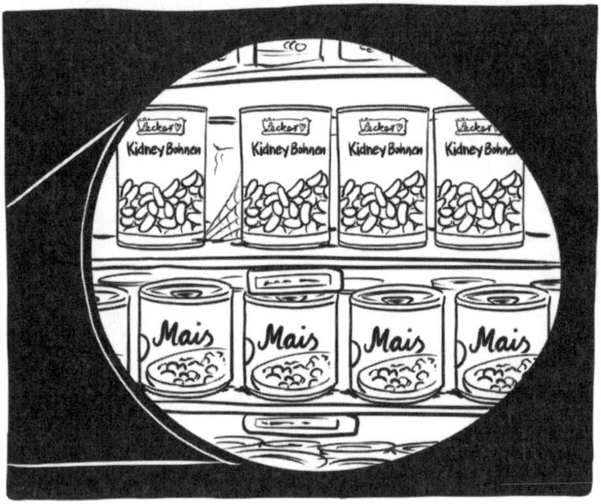

Emma und Fadi kommen hinzu. Er dreht das Verfallsdatum einer Dose in seinen Lichtpunkt. Es ist fünf Jahre her. Bei diesem Film kommentiert er nichts. Das ist klug. Gerade das Lautlose macht es noch gruseliger.

In die Stille hinein hören wir Schritte. Alle drei reißen wir die Lampen herum. Borke. Er ist uns doch gefolgt. „Kommt hier raus, bitte." Jetzt klingt er wirklich ängstlich. „Ich weiß auch nicht, ob es stimmt, aber man sagt sich ..."

Weiter kommt er nicht. Kein Wort bringt er mehr heraus,

Wir schreien. Drei weitere Männer tauchen auf und greifen nach uns. Die Arme und Hände sind so schnell überall, da haben wir noch gar nicht an Flucht gedacht.

Sie zerren an uns und fassen uns mit jeder Bewegung, die wir machen, fester. Als wären sie ein paar Stränge der **Wutwurzel** aus **Exploria**, die, wenn sie dich einmal hat, immer fester zudrückt, je mehr du dich gegen sie wehrst.

Um die Ecke hören wir, dass Borke wie ein nasser Sack auf den Boden fällt. Der Typ, der ihn niedergeschlagen hat, taucht neben dem Regal auf. Er trägt keine Stirnlampe, sondern eine schwere **Maglite**. Wie einen Knüppel.

Prüfend leuchtet mir der Typ ins Gesicht. Seine Augenwinkel biegen sich außen nach unten, was ihn eigentlich freundlich wirken lassen müsste. Locker und lustig. Doch dafür stehen seine dunklen Augen zu eng beisammen. Es scheint, als könnte nur die Nasenwurzel sie halbwegs auseinanderschieben.

„Kinder wie ihr sollten um diese Zeit eigentlich beim Ballett sein oder beim Klavierunterricht. Oder in der Großstadt, auf der Straße, beim Pilgergang für Greta."

Er patscht mir mit seinem Handschuh auf die Wange, während seine Schergen meine Arme auf dem Rücken festhalten wie mit Schraubzwingen. Ich schaue rüber zu Emma, doch der Boss dreht zügig meinen Kopf zurück.

„Hier spielt die Musik, Hurensohn!"

Seine Handschuhe fühlen sich an, als wären sie glitschig und feucht. Obwohl es bloß trockenes Leder ist.

Ich sage:

„Es ist eine Drecksgegend. Nur Kriminelle."

Das Engauge legt den Kopf schief. Seine Nase sieht aus, als würde sie gerne wachsen, hätte dafür aber zu viele Schläge bekommen. Zwischen den Schneidezähnen befindet sich eine Lücke.

„Ja, ganz richtig, wir sind Kriminelle. Und wir machen Geschäfte in einer dunklen, verlassenen Ruine ohne Kameras. So rücksichtsvoll sind wir. Weil wir uns denken: Unbescholtene Bürger wie ihr, die kommen niemals freiwillig hierher. Aber was wissen wir schon? Offenbar haben wir uns in den Zivilisten von heute getäuscht.

Ich kann nicht mal mehr sagen, dass mein Herz rast. Es schlägt nur noch unregelmäßig. Und der einzige Gedanke, den ich habe, ist: Emma muss das überleben. Ob ich, das ist egal. Aber sie!

Die Pressnase raunt: „Möchtest du wissen, welche Geschäfte wir machen. Hm? Kleiner Wichser?"

Er holt eine kleine Tüte aus seiner Hosentasche. Darin befinden sich bunte Pillen.

Sie haben die Form von Tatzen, Totenköpfen, sogar von Dominosteinen. Wenn es kein Drogenhandel wäre, könnte man es niedlich finden.

„Maul auf!", befiehlt die Zahnlücke. Ich begreife es kaum. Erst, als er mir mit seiner feuchten Lederhand den Unterkiefer runterzieht.

„Ihr Schweine!", flucht Emma.

Fadi sagt: „Das könnt ihr nicht machen!"

Der will mir echt diese Pille einwerfen. Mit allem hätte ich gerechnet an diesem Tag. Blaue Augen. Stichwunden. Den

Draht im Kiefer. Aber nicht damit, als Drogensüchtiger nach Hause zu kommen. Wenn ich überhaupt nach Hause komme. Wieso sind wir bloß vom Weg abgewichen? Wieso haben wir nicht auf Borke gehört?

Ich drehe den Kopf weg. Die Handschuhfinger dringen tiefer in meinen Mund ein. Wie wenn ein Arzt nicht fragt, ob man jetzt bitte mal „Ah!" sagt, sondern das Holzstäbchen direkt bis in den Rachen rammen würde.

„Los, tue es," brüllt der Dealer. „Schluck das **E**! Schluck das verdammte **E**!"

Ich würge und röchele. Ich frage mich, was wohl mit mir geschehen wird, wenn die Pille wirkt, wo ich vor ein paar Wochen schon ganz ohne Drogen fantasiert habe. Da fängt Fadi auf einmal laut an zu lachen.

Na gut, denke ich mir. Er wird nun halt verrückt. Jeder Mensch reagiert anders auf sein mögliches baldiges Ende. Manche weinen. Manche schweigen. Manche lachen.

„Das **E**!", ruft er. „Begreift ihr nicht? Das **E**!"

Der Gesichtsausdruck meines Peinigers verändert sich. Es ist, als schöben sich die Augen wieder weiter auseinander. Seine rechte Hand lässt meinen Mund los. Seine linke hält mir die Pille vor die Nase. Ein **E** ist in sie eingeprägt. Wie für Ecstasy halt. Und wie für **E** in Marek ...

Der Gangster lässt mich los. Seine Schergen geben die Arme von Emma und Fadi frei. Borke kommt um die Ecke, unversehrt.

Emma sagt: „Ihr Drecksäcke!" Dabei lacht sie erleichtert.

Borke wendet sich an die scheinbaren Dealer: „Gut gespielt, Leute. Mein lieber Mann, da kann man wirklich Angst kriegen. Da könnte man glauben, ihr wüsstet, wovon ihr redet!"

Die Laienschauspieler klopfen sich gegenseitig auf die Schulter oder klatschen sich stolz ab. Borke sagt: „Das hättet ihr nicht gedacht, was? Gerade ihr von der edlen Kleistschule. So viel Theatertalent in unserer Gegend!"

Ich stammele: „Aber ... aber ... der verlassene Markt gehörte doch gar nicht zur Route."

„Solltet ihr denken", sagt Borke. „Marek macht es eben spannend. Er ist ein sauguter Spielleiter. Deswegen mache ich genau, was er sagt. Nicht, weil ich sein Schoßhündchen wäre, du Brot!"

Der vermeintliche Dealer steckt die Pille in die Tüte zurück und gibt sie mir. Er mustert mich von Kopf bis Fuß und es wirkt, als könne er alles an mir erkennen. Den Duft unseres Gartens daheim. Das Schnurren von Buffy. Meinen Pünktchenschlafanzug. Dabei sagt er: „Der hat das wirklich geglaubt. Dealer im dunklen Supermarkt."

„Ja, warum denn auch nicht?“, empöre ich mich.

Borke wird laut: „Alter, was denkst du denn von uns? Wo du bist? In **Mordor**? Im Hauptquartier von **Voldemort**? Im **Haus Bolton von Grauenstein**, wo sie ihren Feinden die Haut abziehen?“ Ich wundere mich, dass Borke das alles kennt.

Borke zeigt auf mich und sieht die Gangster-Darsteller an: „Guck, der Blick. Der wundert sich, dass ich das alles kenne! So als Asi aus dem Köhlerviertel.“

So wie er das sagt, klingt es, als hätte ich nur Vorurteile. Aber ich habe doch Nachurteile. Es heißt doch **Nachrichten** und nicht **Vorrichten**. Aber womöglich stimmen die Nachrichten wenig. Womöglich sind das alles auch nur verkappte Spielfilme. Obwohl ich mir das immer noch kaum vorstellen kann.

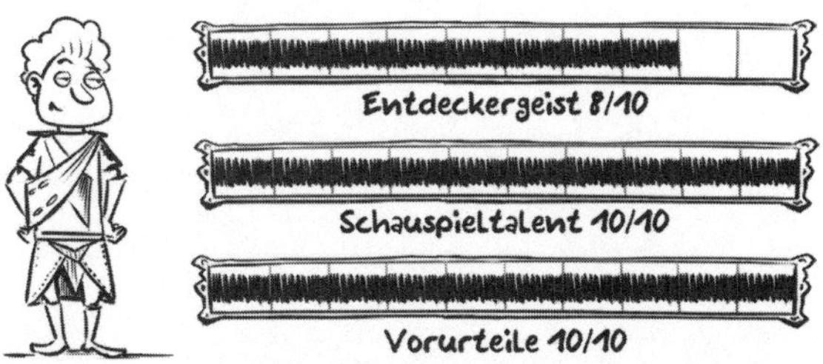

DAS K

#BONUSSPIELE

Die lange leere Straße liegt hinter uns. Das Köhlerviertel umgibt uns wieder. Trinkhallen. Wettbüros. Seltsame Cafés. Ein Shop für Bodybuilder, in dem sie riesige Plastikeimer voller Zeug verkaufen, das einen stark machen soll. Eiweißpulver. Energieriegel. Aufputschgetränke.

„Das kippen die Typen aus dem **Muskelpalast** bestimmt eimerweise in sich hinein", lacht Fadi. Ich sehe sie vor mir, wie sie an der Hantelstange ein Wettstemmen machen ... und mit einem Mal fällt mir ein, wieso mir so bekannt vorkam, was sie dabei gesagt haben. „Wie ein Hund geschlagen." Oder: „Der Notarzt musste kommen." Das hat Borke damals gesagt, als wir ihn das erste Mal getroffen haben. Als wir ihn noch nicht kannten. Als wir umgedreht sind mit den Rädern.

Das heißt, die haben damals gar nicht über eine Schlägerei gesprochen! Es ging nicht um die Mafia, die jemanden ins Krankenhaus geprügelt hat. Es ging bloß um die albernen Wettbewerbe im Gewichtstemmen, die sie hier im Muskelpalast austragen!

„Was ist?", fragt mich Emma.

„Was soll sein?"

„Du guckst plötzlich so, als wäre dir was Peinliches eingefallen."

„Nein, ist gar nichts."

Emma schaut skeptisch.

Sie hat recht. Borke wirkt nervöser. Er schaut sich um, als müsse er in dieser Gegend aufpassen. Aber das durchschaue ich jetzt. Vor allem nach der Supermarktsache.

„Der tut nur wieder so“, sage ich zu Emma. „Jetzt wird er als Schauspieler ehrgeizig.“

Borke leert die nächste Dose. Seine siebte oder achte an diesem Tag. Dieses Mal wirft er sie in eine Mülltonne.

„Dieses Teufelszeug“, sagt er. „Kinder, ich muss pinkeln. Das hilft alles nichts.“ Fadi zeigt auf eine Brachfläche zwischen zwei Häusern. Die großen Hügel aus Sand und Bauschutt liegen dort wohl schon länger. Sie haben angefangen, Grasbüscheln und seltsamen Pflanzen mit lila Blüten eine Heimat zu bieten.

Borke schüttelt den Kopf: „Bist du verrückt? Ich pinkele doch nicht wild. Nicht in dieser Gegend. Das wäre ja, als würde ein Wolf fremdes Territorium markieren.“

Er schaut sich um und zeigt auf eine Spielhalle, den **Glückspalast**.

„Da gehe ich eben aufs Klo“, sagt er.

„Hier heißt aber auch alles Palast“, sagt Fadi.

Borke marschiert zur Tür des Gebäudes. Die Scheiben sind komplett beklebt. Mit Sonnensymbolen und Kirschen.

„Was ist? Kommt ihr?“

Emma sagt: „Wir dürfen da nicht rein. Ist ab achtzehn.“

„Ja, ja, und ihr habt auch noch nie **Call of Duty** gespielt, oder was? Ist ab achtzehn ...“

Wir zögern. Borke stemmt die Tür auf. Sie scheint schwer zu sein. „Nun macht schon, wenn ihr mit mir hier seid, sagt keiner was.“

Wir folgen ihm in die dunkle Höhle. Ich war noch nie in sowas drin. Habe immer nur von außen auf die beklebten Scheiben geguckt. Meine Mutter nennt so ein Ding nicht Spielhalle, sondern

Meine Mutter hat ja zu allem, was es auf der Welt gibt, eine Meinung. Und würde man sie bitten, eine Top 5 der Orte zu erstellen, denen sie am wenigsten traut, käme auf dem ersten Platz die Spielhölle. Wahrscheinlich noch vor dem Knast.

Im Inneren der Hölle ist alles anders. Also wirklich alles.

Die Tür schließt sich und die Welt, sie ist weg.

Die Geräusche von der Straße – weg.

Der Geruch der frischen Luft – weg.

Hier drinnen, auf dunkelblauem Teppich, hinter der Scheibe, klingt alles gedämpft. Nur der Singsang der Spielautomaten liegt in der Luft. Und das „klack!" von ein paar Kugeln auf einem Tisch, an dem zwei Männer Billard spielen. Es riecht nach Kaffee, Rauch und einer viel zu warm gestellten Heizung.

Hinter einer kleinen Theke steht eine Frau mit vielen Furchen im Gesicht. Sie guckt, als ob sie Borke nicht das erste Mal sieht.

„Hallo, Anke", sagt er.

„Berat", sagt sie.

„Dürfen die eben warten? Ich müsste mal ..."

Anke mustert uns: „Die sind aber nicht von hier.“

Borke lacht: „Nein, die sind auf Expedition in der Wildnis.“

Anke nickt: „Aber ich sehe schon, die sind ganz sicher volljährig. Zumindest, solange du auf dem Klo bist.“

Borke verschwindet hinter einer dünnen Zwischenwand. An den Geldspielautomaten sitzen schweigsame Männer. Die meisten haben Kaffee neben sich. Den gibt's gratis, solange man spielt. Kein Wunder, herrscht doch hier drin keine Tageszeit, sondern ewige Nacht.

„Das ist alles wie in diesem alten Film“, sagt Fadi. „**The Game**. Kennt ihr den? Da erlebt einer den ganzen Tag einen immer größeren Wahnsinn, doch am Ende kommt heraus – es war alles nur für ihn inszeniert. Alles.“

Der Kaffee riecht so bitter, wie mit dem Mörser zermahlene Kopfschmerztabletten schmecken.

Die Billardmänner klackern. Einige der Spielgeräte haben quietschbunte Bildschirme, wie Videospiele. Gestaltet nach Themen. Eine kühlblaue Diamantenjagd. Ein dschungelgrüner, asiatischer Garten. Eine Detektivkulisse mit Pfeifen und Hüten statt Kirschen und Sonnen. Ein Automat spuckt gnädig ein paar Münzen in seine Rinne aus Plastik.

Ich sage: „Der Typ in der Dönerbude, der die **Uludağ** aus dem Kühlschrank genommen hat. Ich denke, der war auch ein Schauspieler."

Fadi sagt: „Gut möglich. Marek hat Darsteller in einer Supermarkt-Ruine versteckt, die gar nicht offiziell auf der Route lag. Die Borke uns sogar verbieten wollte zu betreten. Als hätte er damit gerechnet, dass wir trotzdem reingehen."

Ich schaue rüber zu den Billardmännern. Sie stellen die Queues ab.

Sein Kumpel nickt, während er an uns vorbei zur Toilette geht. Der Zweite verschwindet Richtung Theke. Als wär's so geplant.

Auf dem Rand des nun verwaisten Billardtisches bleibt eine Geldbörse liegen.

In das Leder ist ein Buchstabe eingestickt. Ein dickes, fettes, goldgelb leuchtendes K. Wir schauen uns an. Marek, dieser Fuchs. Er ist wirklich genial.

Einen kurzen Moment zögere ich noch, dann greife ich nach dem Portemonnaie. Der letzte Buchstabe. Das muss man sich mal vorstellen: Sogar Borkes Pinkeln, hier in der Spielhalle, war inszeniert! Zufrieden kehrt er vom Klo zurück und sieht uns vor dem Billardtisch an.

„Was ist? Wieso grinst ihr wie die Honigkuchenpferde?"

Stolz halte ich das Portemonnaie in die Höhe.

„Äh?", fragt Borke. „Was ist das?"

„Jetzt tu nicht so", lacht Fadi. „Wir sind fertig. Alle fünf Buchstaben beisammen."

Der Spieler, der Bier holen wollte, kehrt zurück. Er ruft Anke zu: „Augenblick. Ich habe am Billardtisch mein Geld liegen lassen!"

Der Mann schaut auf den Rand des grünen Tisches und dann auf meine Hand. Borke wird bleich. **Round Oak** ist jetzt weiß wie eine Birke.

Alles Blut weicht aus seinem Gesicht. **Das** kann man nicht spielen. Ach du Scheiße, das kann niemand spielen!

Der Mann, den ich beklaut habe, wird nicht bleich, sondern rot. Vor Zorn. Seine Augen glühen. Das ist kein Schauspieler.

„Lauft!", sagt Borke. Nur ein Wort: „Lauft!"

Wir fliehen aus der Spielhalle. Sicher, ich werfe dem Mann noch das Portemonnaie vor die Füße, aber das ändert nichts daran, dass ich ihn gedemütigt habe. In seinem Revier. Dem Revier, in dem Borke sich nicht mal getraut hat, draußen zu pinkeln. Dem Revier, in dem er seine leere Dose **nicht** auf die Straße schmeißt.

„Seid ihr vollkommen irre!“

Borkes Stimme überschlägt sich, während wir davonlaufen. Ich drehe kurz den Kopf und sehe, wie die Tür der **Spielhölle** aufschwingt. Sie folgen uns.

„Wie könnt ihr die beklauen?“, japst Borke.

„Wir dachten, die gehören auch zum Spiel!“, hechele ich.

„Das ist die Kruppstraße, ihr Idioten!“, sagt Borke. Und obwohl wir rennen, erinnere ich mich daran, was der Mann am alten griechischen Restaurant gesagt hat: „Aber die Kruppstraße lasst ihr weg, oder? Ihr wollt ja nicht selber Schnitzel werden.“

Das war also nicht bloß irgend so ein dummer Spruch. Und nicht alle Berichte, die meine Mutter schaut, sind Lügen.

„Wenn die uns kriegen, sind wir tot!“, quiekt Borke.

Das darf alles nicht wahr sein.

Wir rennen um unser Leben. Hinter uns machen die Verfolger Meter gut. Sie haben längere Beine. Sie brüllen nicht mal etwas. Schimpfen nicht. Werfen keine Drohungen in unsere Richtung. Das ist ein schlechtes Zeichen, denn es bedeutet: Die konzentrieren sich vollständig auf das Laufen. Damit sie uns garantiert kriegen.

„Da rein!", schreit Borke und zeigt auf eine schmale Gasse.

Wir biegen ab. Als wir uns umdrehen, ist er verschwunden.

„Das kann nicht sein", hustet Fadi. „Eine Sackgasse."

„Wo ist Borke?", fragt Emma.

„Er war hinter uns", sage ich.

Am Eingang der Gasse hören wir ein ersticktes Schreien.

Die Männer schieben Borke in den schmalen Schatten. Sie

zerren ihn am Kragen. Er heult. Man kann es kaum glauben, aber er heult. Der Typ, den ich beklaut habe, schlägt ihm ins Gesicht. Es knallt. Als würde man ein aufgetautes Schnitzel aus zwei Metern Höhe auf die Küchenfliesen fallen lassen.

„Was bist du für ein Opfer, Mann?“, brüllt der Mann Borke an. Spucketropfen fliegen. „Hast du deine Leute nicht im Griff?“

Borke jammert: „Das ist ein Missverständnis, hör doch zu!“

Pamm! Der nächste Schlag mit der offenen Hand.

„Wir sind die Kruppstraße! Und du lässt deine Handlanger da uns beklauen? Ich entführe die Katzen deiner Mutter! Ich vergifte deine ungeborenen Kinder!“

Er schiebt Borke in die Arme des anderen. Der nimmt ihn in den Schwitzkasten. Der Beklaute stapft auf uns zu. Er geht in Richtung von Emma.

Ich sehe rot. Nicht symbolisch, sondern ganz in echt. Die Gasse, die Mauern, die Abwasserrohre – alles färbt sich ein wie Blut. Als würde ich durch eine Brille mit roter Folie schauen. Ich denke nicht mehr. Nur noch handeln.

„Lass Emma in Ruhe!", brülle ich. So laut, dass sich meine Stimmbänder überschlagen. Ich trete den Mann mit meinem **High Kick** und treffe nicht das Kinn, aber den **Solar Plexus**.

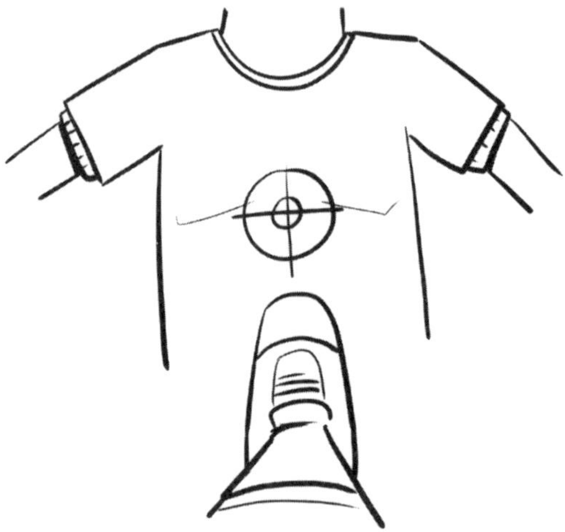

Also genau den Punkt zwischen Brustbein und Bauchnabel, bei dem jedem die Luft wegbleibt.

Der Typ krümmt sich. Er geht nicht zu Boden, muss aber einen Moment röchelnd stehen bleiben. Mit den Handflächen stützt er sich auf die Oberschenkel auf. Sobald er sich wieder aufrichtet, sind wir alle verloren.

Emma greift nach meiner Hand, da hebt der getretene Mann den rechten Arm. Mit dem linken stützt er sich immer noch ab, aber der rechte steigt nach oben ... und von der Hand spreizt sich langsam der Daumen ab. Der zweite Typ lässt Borke los. Am Ende der Gasse ertönt ein Klatschen.

Patsch. Patsch. Patsch. Marek schlendert in die Gasse hinein. Simon geht neben ihm und macht das langsame Klatschen nach. Es klingt immer noch künstlich, aber dieses Mal mehr wie ein Lob. Emma lässt meine Hand los und sagt: „Simon!" Ihre Augen glänzen. Ich habe eben für sie jemanden getreten, aber ihre Augen glänzen bei einem Typen, der sie damals für Marek beim Völkerball abgeworfen hat. Borke hält sich die Wange und sagt: „Voller Einsatz. Das können nur die Jungs aus meiner Theatergruppe. Wenn das so weitergeht, nehmen wir uns einen Agenten. Der Weg nach Hollywood ist geebnet!"

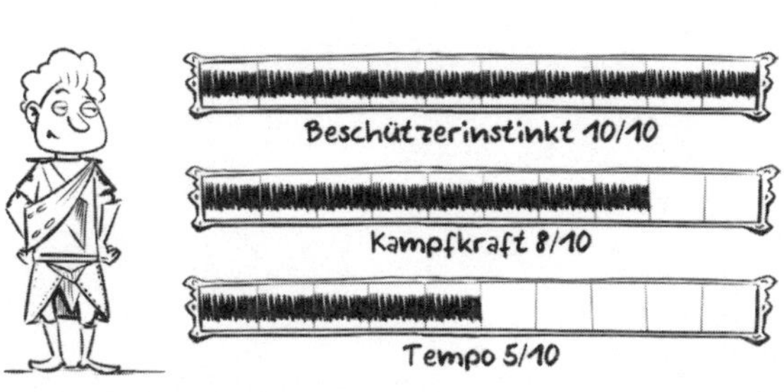

DER GRANITBODEN

#KAMINGLÜCK

„Selbst das war alles gespielt?"

Ich muss es noch einmal aussprechen, um es wirklich glauben zu können. Marek geht zwischen seinen Freunden aus dem Viertel umher wie ein Regisseur zwischen seinen Schauspielern, nachdem die letzte Szene im Kasten ist. Seine Runde endet bei Borke. Sie umarmen sich. Marek lacht: „Ja, ich umarme sogar einen Baum. Wie so ein Hippie!"

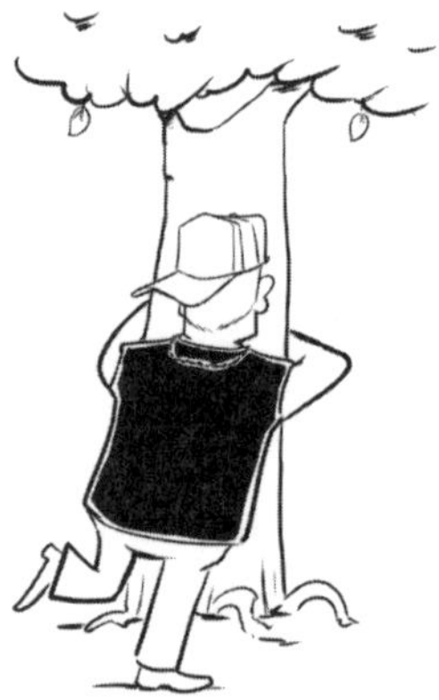

Borke sagt: „Bald wieder Party?"

Marek antwortet: „Klar doch!" Alle jubeln. Marek sagt: „Und du legst auf." Er schaut uns an: „Borke ist ein Hammer-DJ!"

Fadi sagt: „Das ist wirklich wie bei **The Game**. Wahnsinn!"

Ich frage mich, wie Marek bei sich in der Bude die

ganzen Gäste unterbringen will. Marek sagt: „Die Tablets, bitte."

Wir ziehen sie aus unseren Rucksäcken. In **Exploria** stehen unsere Figuren noch unschlüssig am Ende des langen Weges.

„Dann speichern wir das mal", sagt Marek. „Und wenn wir uns das nächste Mal einloggen, dann arbeiten **Dark Ambush** und **Modi** zusammen." Er schaut zu Emma: „Und wenn sie mag, auch **Gaia Girl**."

Emma sagt: „Und **Weaper**!"

Simon lächelt verlegen. Marek sagt: „Schauen wir mal."

Er steckt die Geräte ein: „Und, Ben? Glaubst du jetzt immer noch, unser Viertel sei das Höllenreich der, wie hast du damals gesagt, der Asozialen und des Abschaums?"

Ich schweige.

Marek sagt: „Den ganzen Tag durchstreift ihr unsere Gegend und alle, die euch angegriffen haben, waren Freunde, die gut schauspielern können. Und vielleicht ist es euch nicht aufgefallen, aber ihr seid auch an einem Jugendzentrum, einem Bioladen und einer Stadtteilbibliothek vorbeigekommen."

Ich schaue zur Mauer.

Marek zeigt auf mich und sieht die anderen an: „Seht ihr das? Der ist immer noch nicht überzeugt.“ Er schüttelt den Kopf, macht ein paar Schritte. Seine Sneakers strahlen wie neu. „Na ja“, seufzt er. „Ist wohl normal.“

Ich zeige in die Gasse: „Ja, aber das ist doch trotzdem eine andere Welt! Guck dir doch allein diese hohle Gasse an. Oder die Spielhallen, die Wettbüros ... ich meine. Ach, Scheiße. Das ist doch anders hier als bei ... ja nun, als bei uns.“

Borke sagt: „Ja, ist es. Wenn wir Probleme miteinander haben, rufen wir nicht gleich die Polizei, sondern regeln das unter uns. Das spart sogar Steuern. Und wir trainieren unsere **Real Moves** nicht im Garten, sondern im Hinterhof. Einfach aus Ermangelung eigener Gärten. Im **Muskelpalast** sehen sie das nicht gerne.“

„Wir hätten tot umfallen können“, beschwert sich Emma. „So, wie ihr uns erschreckt habt. Nach alldem wäre es wohl angebracht, dass du uns noch auf einen Tee zu dir nach Hause einlädst, Marek. Oder auf einen Kuchen.“

Marek sagt: „Ich weiß nicht.“

„Komm schon“, sagt Emma und schaut dabei an Marek vorbei auf Simon. „Wir wollen euer Zuhause sehen.“

Simon strahlt. Das soll er unterlassen.

Marek sagt: „Aber nicht, dass euch mein Zuhause erschreckt.“

Borke und die beiden Darsteller aus der Spielhalle verabschieden sich. „War mir ein Fest, ihr Pfeifen!“, sagt Borke und prostet mit seiner achten Dose. Marek und Simon gehen vor. Wir tapsen ihnen hinterher, dieses Mal ganz ohne Zielpfeil auf der virtuellen Karte. An einem Haus haben Sprayer ihre Tags quer über die Mauer und die Fenster einer Wohnung gezogen.

Zerfetzte Prospekte liegen vor der Tür, als hätte das Haus sich übergeben. Wie begehrt soll hier eine Party sein, auf die gehen zu dürfen sich alle freuen, als wäre Marek ein Promi? Vor einer Reihe von Containern für Glas und Papier stapelt sich stinkender Sperrmüll. Gegenüber steht eine Sitzbank unter Bäumen, bei der ich mich frage, wer hier gerne Rast macht.

Marek bemerkt meinen skeptischen Blick.

„Ich habe euch gewarnt. Ihr werdet euch erschrecken."

Ein paar Hundert Meter weiter stehen wieder Container, dieses Mal für Kleiderspenden. Bei ihnen liegt nichts daneben.

Marek biegt links ab. Die Gehwege ändern sich. Keine großen Häuser mehr. Nur noch drei Stockwerke, höchstens. Ein paar Meter Wiese davor, kleine Mauern, Törchen.

Noch mal links, noch mal rechts. Häuser mit zwei Stockwerken und eigenen Tonnen in einer kleinen, überdachten Box. Wie ein Stall für Müll. Die Wiesen werden zu Gärten, mit Büschen, in die man als Kind hineinkriecht, um Höhle zu spielen. In den Fenstern hängen Gardinen, sitzen Katzen und schauen hinaus.

Marek läuft immer weiter, bis in eine dieser Straßen hinein, die in einem **Wendehammer** enden.

Wie eine **Minigolfbahn** mit ihrem runden Kopf. Drei Häuser umringen diesen Kreis. Marek öffnet ein Tor in einer weißen Mauer.

Der Weg zur Haustür führt unter dichten Nadelbäumen entlang. Er windet sich ein Stück bergauf. Das ist schon kein Garten mehr, das ist ein Park. Keine Maulwurfshügel wie bei uns daheim, auch keine Löcher von Wühlmäusen. Stattdessen ein Teich mit bepflanztem Hügel und einem Wasserfall.

Kristallklar rauscht es über dunklen Granitstein. Der Rand ist pfleglich mit Steinen belegt, wie eine dieser Landzungen, die in Flüsse hineinreichen. Im Wasser tummeln sich Goldfische aller Arten, sogar welche mit Schleierschwanz und Tigermuster aus Asien. Einige öffnen nahe der Wasseroberfläche ihre Mäulchen, als gebe es gleich Futter. Mit einem großen Schlüsselbund öffnet Marek die Haustür. Sie ist so dunkel und groß, als hätte man sie aus einer Burg bei **Exploria** geklaut. Oder aus der Mauer meiner Seefestung.

Der Hausflur ist breit wie ein Saal. Eine Treppe aus Marmor führt nach oben. Von einer Galerie mit Geländer kann man in den Flur hinabsehen. Der Boden im Wohnzimmer besteht aus demselben Granit wie die Steinplatte, über die draußen der Wasserfall fließt. Verloren stehen weiße Ledersofas in der Mitte, wie schlafende Echsen, die jemand vergessen hat.

Ihnen gegenüber: Ein offener Kamin mit Rauchabzug darüber. So breit – es würde der dickste Weihnachtsmann der Welt drei Mal durchpassen, wenn es ihn denn gäbe. Das Haus ist eiskalt, obwohl wir Sommer haben.

Fadi hebt die Hand und schiebt behutsam meinen Kiefer wieder nach oben. Er ist wohl runtergefallen.

Marek sagt: „Ich habe euch gewarnt."

Er genießt unser betretenes Schweigen. Lockt uns durch das Köhlerviertel, geht dort zur Schule und wohnt in Wahrheit in einer Villa, in der man eine Riesenparty für einen Film drehen könnte. Zumindest bei sturmfreier Bude. Ich hatte keine Ahnung, dass es **hinter** dem Köhlerviertel etwas gibt. Oder ist es immer noch ein **darin**? So, wie auch der **Knüllwald** zu **Exploria** gehört, die **Wüstenstadt** und der **Spiralwald**?

„Sollen wir den Kamin anmachen?“, fragt Marek.

„Au ja!“, ruft Emma. **Gaia Girl** liebt alles Natürliche. Krabbelnde Tiere. Knisterndes Holz.

Marek nimmt einen großen Korb, drückt ihn Simon in die Hand und sagt: „Hol‘ ein paar große Scheite.“

Simon macht den ersten Schritt. Emma sagt: „Ich hätte lieber, wenn Simon uns einen Kaffee macht. Wäre das möglich?“

Marek spitzt die Lippen. Er nimmt seinem Schergen den Korb ab und zeigt auf einen Torbogen im Raum: „Küche ist da.“

Marek geht nach draußen, Simon und wir in die Küche. Arbeitsflächen und Schränke an zwei Wänden und in der Mitte. Wie im Studio eines Fernsehkochs. Simon sucht offenbar die Maschine.

Ich sage zu Emma: „Niemand von uns mag das Gebräu. Schwarz wie die Nacht und unnötig bitter wie eine Fünf in Kunst. Das ist der Fluch der Erwachsenen. Wer Kaffee trinkt, hat die Kontrolle über sein Leben verloren."

Sie flüstert mir zu: „Ich wollte nur Marek loswerden." Mit ein paar Schritten ist sie bei Simon und beendet seine Suche.

„Wieso machst du das?", fragt sie ihn. Einfach so. Ganz offen.

„Wieso lässt du dir das von Marek gefallen, als wärst du sein Diener? Als hättest du keinen eigenen Willen?"

Einen kurzen Moment lang verfinstert sich Simons Blick. Als sei etwas in ihm stinksauer über die Frage. Dann fällt ihm ein, dass wir es nicht besser wissen können, und er guckt gütig wie ein Mönch, der in seinem Kloster neue Gäste trifft.

„Marek braucht das", sagt er. „Einen, der immer an seiner Seite ist und auf den er sich verlassen kann. Also, völlig blind."

Fadi mischt sich ein: „Wieso? Das ist ein Palast! Und offenbar sogar ein Partypalast!"

„Muskelpalast, Glückspalast, Partypalast", murmele ich.

„Ja", antwortet Simon, „aber ein leerer. Seine Eltern lieben ihn und er liebt sie. Keine Probleme. Es ist nur nie jemand zu Hause. Der Vater reist geschäftlich um die Welt, dreihundert Tage im Jahr. Er ruft an, meldet sich per **Skype** aus irgendwelchen Hotelzimmern, von denen er manchmal selber vergessen hat, wo sie sich überhaupt befinden. Geschwister hat Marek leider keine. Und wenn seine Mutter nicht mitreist, kümmert sie sich um Omas, Opas, Nachbarn ... bis sie abends erschöpft ins Bett fällt."

Ich stelle mir vor, wie es wohl wäre, wäre ich ständig allein.

Bei mir sind ja sogar alle da. Mein Vater, der daheim programmiert. Meine Mutter, die in mein Zimmer stürmt, wenn ich zu lange zocke. Ich glaube, ich würde sogar Nachbar Heinz vermissen, wenn ich im Garten neue **Real Moves** übe und kein alter Mann mit Hut auf dem Kopf und Händen in den Taschen lästernd am Zaun steht.

Emma sagt: „Aber glaubst du nicht, du wärst noch viel mehr für ihn da, wenn du dabei du selbst wärst? Dann hätte er ein ganzes Bild an seiner Seite und nicht nur einen Spiegel."

Simon sieht Emma an, als hätte sie ihm soeben die vierte Wand gezeigt, wie man beim Film sagt. Die Seite, auf der die Kameras stehen und die Scheinwerfer, und die Figur im Film erkennt auf einmal, dass sie eine Figur ist.

Im Wohnzimmer nebenan poltern Holzscheite aus dem Korb auf den Granitboden. „Simon!", ruft Marek. „Das Feuer selber anmachen muss ich aber nicht auch noch, oder?" Mareks rechte Hand, sie reagiert zuverlässig. Doch dieses Mal dauert es eine Sekunde länger, bevor sie nach nebenan stürzt.

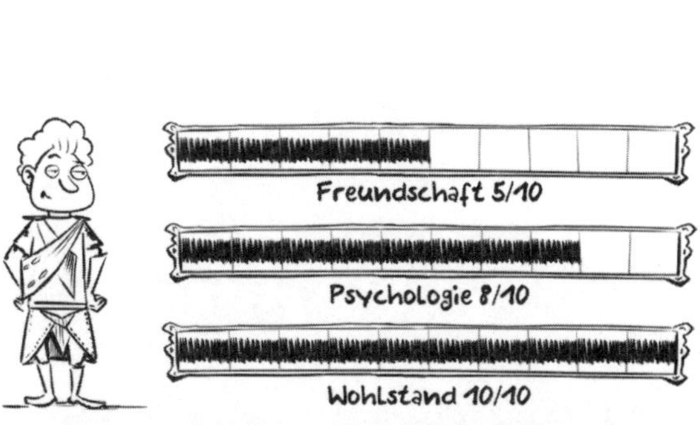

DIE ZEIT

#FREUNDSCHAFT

Am Montag versucht es Herr Löffler wieder mit Völkerball. Marek steht auf der anderen Seite der gedachten Arena. In meinem Team quietschen die Sohlen von Emma, Manuel und dem Trottel Simon auf dem Boden der Turnhalle. Bei Marek stehen Djamila, Fadi und die teuflische Amber in der halben Hocke. Heute Morgen in der ersten Stunde hat sie gleich erst mal Kim zum Heulen gebracht, indem sie ihr erzählte, was Robin aus der Neunten wirklich von ihr denkt. Das waren natürlich **Fake News**, aber Hauptsache, der Stich sitzt.

Jetzt hat Amber den Ball. Es blitzt in ihren Augen. Statt einen von uns hier drüben abzuwerfen, pfeffert sie ihn Fadi in die Nieren. In ihrem eigenen Team. Weil er von unserer Schule ist.

Mit der Reaktion von Marek hat sie allerdings nicht gerechnet.

Er geht zu Fadi, fragt, ob es ihm gut geht, und klopft ihn ab. Amber traut ihren Augen nicht. Herr Löffler ebenso wenig.

Amber keift: „Geht's noch? Was kümmerst du dich um den?"

Marek schaut zu unserem Sportlehrer.

„Herr Löffler?"

„Ja?"

„Darf ich als Teamchef meine Spielerin vom Platz stellen?"

Amber jault: „Was?"

Herr Löffler weiß nicht so recht, was er antworten soll. Das wird für Lehrer sowieso immer schwerer. Ein paar Eltern haben sich beschwert, dass er überhaupt einen Sport mit uns betreibt, bei dem andere abgeworfen, also im Prinzip abgeschossen werden. Sie standen dann später noch vor dem Schulhof und redeten über die aktuellen Präsidenten von Russland und den USA. Einer meinte, diese Holzköpfe könne man im Grunde nur noch erschießen.

Die anderen Köhlerschüler schauen sich an, gucken zu Marek, zucken mit den Schultern und nehmen es hin.

Amber schüttelt sich, so sehr regt sie sich auf. Ihre Augen sind zusammengepresst. Die Stimme überschlägt sich: „Welche Zeiten denn? Wir sind das Köhlerviertel, und die sind die Schnösel vom Kleist. Hast du doch selbst damals gesagt! Alles hochnäsige Muttersöhnchen. Und Papatöchter. Das soll sich jetzt geändert haben? Es war doch nur zwischendurch ein Wochenende!"

„Es kommt nicht darauf an, welche Menge an Zeit man verbringt", sagt Marek, „sondern nur, auf welche Weise."

Nach diesem kleinen Vortrag muss er sie jedenfalls nicht

mehr rauswerfen. Kopfschüttelnd verlässt Amber das Feld freiwillig.

Und mit dem Feld gleich die ganze Turnhalle.

„Hey!“, sagt Herr Löffler, „der Unterricht ist noch nicht zu Ende!“

„Ihr könnt mich alle mal!“, flucht Amber. „Alle zusammen. Ich gehe auf eine Insel!“

Sagt’s und verschwindet durch den Flur in die Mädchenumkleide. Dann noch ein Krachen, ein Rumpeln, dann Stille.

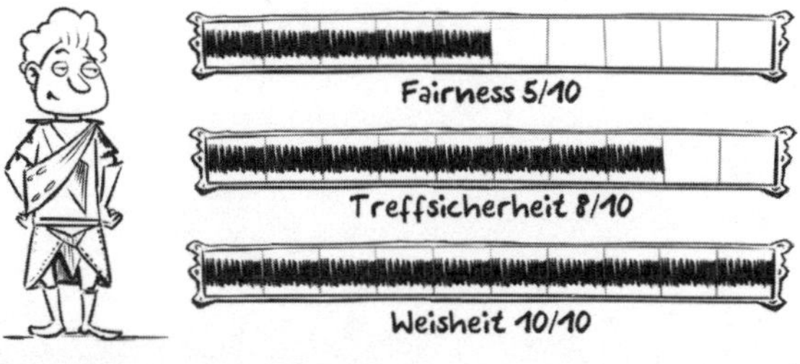

DIE ERLÖSUNG

#SCHLUMMERLIED

Die Ufer am Teich der Tausend Tode sind wieder prall gefüllt. **Gaia Girl** findet sich nicht mehr unter den Schaulustigen. Sie steht mit **Dark Ambush** und mir auf dem mächtigen Schiff, das wir uns erarbeitet haben. Und ja, gut, Simon, also **Weaper**, haben wir als Ballast ebenfalls an Bord. Zusammen bilden wir die Party mit den höchsten Durchschnittsplatzierungen in der Bestenliste. Die **Wutwichtel** im **Knüllwald** haben wir trotzdem noch nicht überwunden. Aber diesen pechschwarzen Wassergeist, den schaffen wir jetzt.

Ich habe bereits in die Muschel geblasen. Der Strudel erscheint im Wasser. Kochend heiß in der Mitte, gefrierend am Rand. Die spitzen Geschosse aus Eis wehren wir mühelos ab.

Synchron heben wir die Schilder aus **Weißeiche**. Meinen Assistenten **Samra** konnte ich sogar daheim lassen.

Die Musik grollt und trollt sich. Die Plattform steigt auf. Das schwarze Gespenst steht darauf und starrt uns an mit seinen grellgelben Augen. Wir tauschen Blicke aus, also auch in echt, in meinem Zimmer, vor dem Monitor.

Unsere Figuren stecken die Schilde weg und ziehen ihre Muscheln. Denn jetzt hat jeder eine. Bis auf Simon natürlich, der Anfänger. Noch bevor der Wassergeist sein tödliches Kreischen beginnen kann, spielen Marek, Emma und ich die Melodie, die ihn zähmen soll. **Slumber**. Wir haben sie lange geübt.

Tausende Spieler rund um die Welt sehen uns zu. Die Chinesen im Großraumbüro. Der Norweger in seinem Blockhaus. Die Forscherinnen in der Antarktisstation. Oder Frau Gneis.

Wir spielen dreistimmig das Lied, das wir gelernt haben. Diese vier traurigen, herzenswarmen Töne, die den Geist erlösen sollen. Die ihn in den Schlaf singen, der ihn aufsteigen lässt, in den Himmel. Zu den drei Monden. Wie die Legende sagt. Denn Geister sind bloß Seelen, die nicht loslassen können.

Der Geist reißt seine Augen noch etwas weiter auf. Und obwohl sie keinerlei Pupillen haben, diese Augen, obwohl sie nur gelbe Löcher sind, sieht man ihnen jetzt an: Wir berühren ihn. Wir befreien ihn. Es klappt.

Zwölf Mal spielen wir die Melodie auf unseren magischen Muscheln, da steigt der Geist auf. Langsam erhebt er sich über dem Wasser und zieht seinen Schatten über den glitzernden Wellen hinter sich her. Bis sich auch dieser löst und die Seele in den Himmel fährt.

Das letzte Mal hat Marek mich abgeschossen. Jetzt gelten die Erfahrungspunkte, die triumphierend auf dem Bildschirm glitzern, uns allen. Als Team. Zwei von der Kleist- und zwei von der Köhlerschule, vereint von einem Computerspiel.

Wir lehnen uns zurück, stolz und erschöpft. Unten im Wohnzimmer poltern die Nachrichten wieder das Ende der Welt aus den Boxen.

„Wie soll das alles bloß weitergehen?", klagt meine Mutter. „So viele Konflikte! So viele Probleme! Und nirgendwo arbeiten die Menschen zusammen!"

In der Chat-Leiste des Spiels trudeln Glückwünsche ein. Einer davon kommt tatsächlich aus Norwegen.

Mal sehen, was wir noch alles gemeinsam schaffen können.

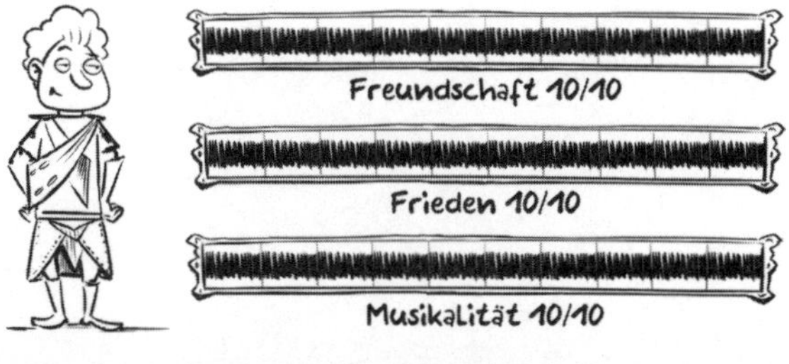

INHALT

Der Wassergeist 6
Das Abwerfen 18
Der Jubel 26
Der Kartoffeldieb 32
Der High Kick 40
Die Flut aus Ärger 50
Die Festung 58
Das Angebot 66
Der fisselige Farn 74
Der Übergang 86
Der Schuss 96
Das M 108
Das A 118
Das R 136
Das E 156
Das K 172
Der Granitboden 186
Die Zeit 198
Die Erlösung 202

Som Goldberg ist Autor, Zeichner und semiprofessioneller E-Sportler. Die volle Profikarriere als Gamer opferte er gerne seiner Passion, die echte Welt zu Papier zu bringen. Außerdem muss das Spiel, das ihn endlos fesseln könnte, erst noch erfunden werden. Dies ist mit **Exploria** geschehen. Lange blieb das Talent des Sohnes eines thailändischen Ingenieurs und einer deutschamerikanischen Botanikerin unentdeckt – bis die förderfreudigen Autoren **Sylvia Witt** und **Oliver Uschmann** (*Finn released, Log Out!*) sowie Cartoonist **Michael Holtschulte** (*Tot, aber lustig, Möge der Witz mit dir sein*) dem jungen Mann die Türen öffneten. Da trifft es sich gut, dass der Vorname Som den Anfangsbuchstaben der Vornamen seiner Förderer entspricht.